D0588103

DINGUE
DE PLANÈTE

DU MÊME AUTEUR

Dans la même collection :

La planète aux deux soleils
Pandémoniopolis
Les zwüls de Réhan
La chair des Vohuz
Terreur sur Izaad
L'an 22704 des Wans
Enfants d'univers
Maloa
Les robots de Xaar
Concentration 44
La forêt hurlante
Les maîtres verts
Reviens Quémalta
Impalpable Vénus
L'homme Alphoméga
Planète des Anges

Dans la collection « Angoisse » :

Au seuil de l'enfer
La main du spectre

Dans la collection « Horizons de l'Au-Delà » :

Ballet des ombres

GABRIEL JAN

DINGUE
DE PLANÈTE

COLLECTION « ANTICIPATION »

ÉDITIONS FLEUVE NOIR
6, rue Garancière - PARIS VIᵉ

© 1980, « Éditions Fleuve Noir », Paris.

Reproduction et traduction, même partielles, interdites. Tous droits réservés pour tous pays, y compris l'U.R.S.S. et les pays scandinaves.

ISBN : 2-265-01274-2

CHAPITRE PREMIER

Nous avions quitté Izaad depuis un peu plus de soixante-douze heures. Tout allait bien à bord. Les cinq passagers du *Verseau*, dont j'étais, avaient l'habitude des voyages dans l'espace. L'astronef qui nous ramenait sur Terre n'avait pas les avantages d'un transidéral mais nous nous en étions accommodés. Les cabines mises à notre disposition, sans posséder le luxe de celles qui équipaient les vaisseaux de lignes, n'étaient pas dépourvues d'un certain confort.

Le *Verseau* était commandé par Bertram Wayne, un homme d'une quarantaine d'années, grand, blond, assez froid, connaissant parfaitement son métier. Les deux officiers qui le secondaient, le capitaine Morland et le lieutenant Ankay, prétendaient qu'ils ne l'avaient jamais vu rire, ni même sourire. Le commandant Wayne était pour tous un personnage assez mystérieux, un homme qui ne se livrait jamais et qui ne semblait à l'aise que lorsqu'il se trouvait assis sur son siège de pilote.

Boris Vlajinski, le maître d'équipage, dirigeait douze hommes très compétents dont deux d'entre eux nous tenaient alors compagnie dans la salle de repos.

Celle-ci était sans aucun doute la pièce la plus confortable de l'astronef. Elle comprenait des fauteuils moelleux à souhait, des couchettes de massages par air tiède, des cabines de régé-douches, un petit coin particulier, insonorisé, où il était possible d'écouter de la musique, une bibliothèque, un écran mural de télévision 3-D sur lequel nous pouvions suivre les émissions sidérales de la Confédération, bref tout ce qu'il fallait pour délasser ou pour tromper l'ennui.

C'était là que nous passions le plus clair de notre temps, n'ayant rien d'autre à faire que d'occuper notre esprit. Trois jours encore, enfin soixante-douze heures terrestres, avant l'habituelle plongée dans le subespace.

Le *Verseau* avait quitté la Terre quelques mois plus tôt, apportant aux colons installés sur Izaad un matériel important. Grâce à Sol Lindsay, le gouverneur de la planète, nous avions obtenu de Bertram Wayne qu'il nous conduise jusqu'à Terre lors de son voyage retour.

Les quatre autres passagers, tout comme moi, avaient vécu un certain temps sur Izaad. Pour ma part, j'y étais resté un peu plus de trois ans. Comme la biologiste Corélia Riscle que j'avais eu l'occasion de rencontrer plusieurs fois.

J'avais séjourné sur Izaad pour recueillir le maximum de renseignements sur la planète elle-même et sur la façon de vivre des colons. Je possédais également une extraordinaire documentation sur de curieux phénomènes qui s'étaient produits dans la région de Thècle, la capitale. Des phénomènes dus à un minéral vivant et intelligent ! Les notes et les documents photographiques que j'avais patiemment réunis n'avaient pas d'autre objet que de fournir la matière au livre que je désirais écrire et dont j'avais déjà constitué le plan.

Ah ! Revoir la Terre !

On aura beau dire, on l'aime, cette planète ! Pour comprendre ce que l'on éprouve lorsque l'on revient vers elle, il faut s'expatrier pendant quelques années.

La Terre !... Pas du tout condamnée comme la plupart des gens l'avaient cru à la fin du vingtième siècle. Les écologistes, dont les mouvements n'avaient cessé de grandir, avaient su imposer fort intelligemment leurs idées. Leur travail incessant s'était révélé payant, comme on dit, car on avait depuis longtemps abandonné tout ce qui était de nature à mettre la vie de l'homme en danger, en particulier les centrales nucléaires. Des formes d'énergie, entièrement nouvelles, avaient transformé la planète ; une, principalement : l'énergie solaire démultipliée.

Des bases, installées sur Mercure, « pompaient » l'énergie solaire, la dirigeaient sur des miroirs et des prismes géants que l'on avait satellisés. Ces relais alimentaient des réseaux de distribution disséminés à la surface de la Terre.

Socialement parlant, de nombreuses améliorations étaient apparues après la chute tant espérée des sociétés multinationales, l'union des Etats ayant nivelé les industries et ayant rendu à l'homme sa dignité... Il existe maintenant davantage d'équité, de justice, et le plus humble, pourvu qu'il prenne conscience que son travail contribue à l'évolution de la civilisation, mène une vie agréable... Certes ! Tout n'est pas parfait, loin s'en faut, mais la misère a disparu, c'est déjà un grand pas. Plus de pays sous-développés, plus de famine, mais il n'y a plus non plus de grosses fortunes privées...

Corélia Riscle, une jeune biologiste de vingt-huit ans, aspirait elle aussi à revoir la planète-patrie. Elle n'avait pas hésité à me confier, juste avant notre départ, qu'elle avait hâte de quitter Izaad. Je revois encore son délicieux sourire lorsque nous sommes montés à bord. Elle était radieuse. Ses yeux bleus pétillaient... Elle portait une tunique courte et un pantalon moulant, verts tous deux, qui se mariaient agréablement à l'or platiné de son longue chevelure. Une déesse !... Sa préoccupation essentielle, au moment du départ, avait été de savoir si elle ne paraîtrait pas trop ridicule dans son ensemble qui, selon elle, serait bien démodé. Jusque-là, elle s'était peu souciée de la mode, absorbée par des tâches ingrates dans le laboratoire d'analyses médicales où elle travaillait. Cependant, à la veille du retour, sa féminité s'épanouissait dans un accès de coquetterie. Une vraie femme, quoi ! Une femme que je trouvais très belle...

En face de moi était assis Hugues Septfonds, un industriel. C'était un homme assez corpulent, presque la cinquantaine, un type intelligent, agréable, mais ayant certains préjugés que j'étais loin d'approuver. Sa secrétaire, Gisèle Bazas, vingt-deux ans, les yeux aussi noirs que ses cheveux, l'accompagnait dans tous ses déplacements. Une belle fille, elle aussi. Pas du tout le genre mijaurée. Elle avait prouvé qu'elle avait beaucoup d'esprit et qu'elle possédait une culture qui aurait fait pâlir d'envie certains enseignants du vingtième siècle !

Hugues Septfonds dirigeait une frabrique de machines agricoles. Il était naturellement allé sur Izaad pour vendre du matériel et ne semblait pas mécontent des affaires qu'il avait traitées. Sa secrétaire et lui avaient sans aucun doute des relations autres que celles du travail routinier. Personnellement, je n'y voyais aucun inconvénient et pensais qu'ils avaient bien raison de profiter de la vie.

Quant au dernier passager, il ne m'était

guère sympathique. Mais alors pas du tout !
Il devait avoir dans les vingt-six ans. Les
cheveux longs, pas soignés, un visage long,
en lame de couteau, une peau couverte de
boutons. Un être maigre, le genre du type
ambigu... N'en déduisez pas que je me fie au
seul aspect physique pour « juger » un personnage. Non. Loin de moi cette idée. Mais
mes atomes crochus n'avaient pas... accro-
ché, voilà tout ! Norbert Noireaud (c'était
son nom) parlait peu, mais lorsqu'il ouvrait
la bouche, il dirigeait si bien la conversation
que ses paroles devenaient rapidement leitmotiv du genre : « la vie est con, le monde
n'est peuplé que de sales bourgeois misogy-
nes, d'inhibés, d'introvertis et d'esclavagis-
tes, et il faut en vitesse détruire toute cette
merde ! » (excusez-moi, je ne fais que rappor-
ter ses paroles.)

Ce drôle de bonhomme était, paraît-il,
journaliste. Un cousin de ma profession, en
quelque sorte. N'empêche, je ne l'aimais pas.
Notez qu'il me le rendait bien. Ce n'était que
justice...

Voilà donc en quelle compagnie je voya-
geais. Pour l'heure, j'avais avec Hugues Septfonds engagé une partie d'échecs, jeu que
nous aimions tous deux. Je dois avouer que
mon adversaire ne se défendait pas mal. Par
deux fois il m'avait mis en difficulté, mena-
çant sérieusement ma reine. Si je n'avais pas
eu un fou et une tour bien placés, les carottes
étaient cuites pour moi.

Pour excuse, je dirai que j'avais un problème de digestion. Je ne me sentais pas très bien. Mon dernier repas ne passait pas. Nous avions tous bien mangé. Moi, pas plus qu'à l'habitude. Mais, rien à faire, le canard duchesse préparé avec soin par le maître coq s'obstinait à jouer au yo-yo, ce qui, bien entendu, m'interdisait de me concentrer.

Je n'étais pas seul dans ce cas. Gisèle Bazas s'était retirée dans sa cabine, prétendant qu'elle avait mal au cœur. Bizarre... Le mal de l'espace n'affecte que rarement les personnes habituées aux voyages sidéraux. C'était d'ailleurs la première fois que cela m'arrivait. J'avais l'impression, à certains moments, que l'astronef ne suivait pas une voie rectiligne.

Petit Singe (j'appelais ainsi Norbert Noireaud) ne semblait pas plus que moi dans son assiette.

La nourriture y était-elle pour quelque chose ? C'était la question que je me posais.

— Vous accumulez les fautes, me dit tout à coup Hugues Septfonds. Vous venez de perdre un cavalier. Si vous continuez à jouer ainsi, vous perdrez également le second qui, entre nous, est actuellement en très fâcheuse posture !

— C'est vrai, dis-je. Excusez-moi... Je digère mal...

— Voulez-vous que nous interrompions la partie ?

Proposition élégante, mais je refusai.

— Non, surtout pas !... J'espère que ça va passer.

Je l'espérais vivement. Hélas ! la partie se déroula dans les mêmes conditions. Ni mieux, ni moins bien. De temps en temps, je jetais un coup d'œil à Petit Singe qui était devenu aussi pâle qu'un suaire. Au fond, j'étais content. Pendant qu'il ravalait ses aliments à la manière d'un ruminant, il ne pensait pas à broder d'anarchie périmée les éléments (parfois très discutables, c'est vrai) de notre civilisation.

A un moment donné, un signal lumineux placé juste au-dessus de la porte métallique de la salle se mit à clignoter. Dans le même temps s'éleva un bruit désagréable qui ressemblait à un ronflement entrecoupé de silences.

L'un des deux cosmatelots qui somnolaient dans les fauteuils se leva en soupirant. L'autre maugréa :

— Oh ! Merde ! Juste dans notre période de repos ! C'est pas vrai !... Ils le font exprès !

— Râle pas, Mike. On récupèrera...

— Ah ! Bah ! Tu... T'en as de bonnes, toi ! Des nèfles qu'on va récupérer !

Le dénommé Mike se leva à son tour, quittant son fauteuil à regret.

Je levai les yeux et demandai :

— Qu'est-ce qui se passe ?

— Bof ! fit Mike, un ennui quelconque ou encore une alerte de routine. Faut pas vous inquiéter...

Ils quittèrent la salle de repos. Mes yeux se posèrent de nouveau sur l'échiquier.

Je ne me trouvais pas en position avantageuse. Avec une mine amusée, mon adversaire m'observait, me préparant très certainement un coup à sa manière, un coup que je devais tenter de parer avant l'action proprement dite. Sale histoire. Mon jeu était trop dégarni. J'avais joué comme un débutant... Mais c'était à cause de ma mauvaise digestion...

— Pas facile, hein ? me lança Hugues Septfonds.

— Non, répondis-je entre mes dents. Pas facile... Si votre fou n'était pas là...

— Si ma tante en avait, dit-il, je l'appellerais mon oncle !

Satisfait de sa réplique, il se mit à rire de bon cœur.

Sans être choqué, je n'en étais pas moins surpris. Ces mots, dans la bouche d'un homme comme lui, avaient de quoi étonner. Il était intelligent, agréable, et ce genre de plaisanterie, assez lourde, ne cadrait pas avec le personnage.

Il remarqua mon étonnement, s'arrêta de rire instantanément, prit une mine qui trahissait une certaine gêne, comme s'il regrettait ce qu'il venait de dire.

— Excusez-moi, fit-il. Je ne sais vraiment pas ce qui m'a pris... Je n'ai pas l'habitude de plaisanter de cette façon...

— Vous n'avez pas à vous excuser, dis-je

par politesse. Il nous arrive à tous d'avoir envie de rompre avec les habitudes, justement... l'énervement, sans doute...

— Oui, s'écria-t-il, s'accrochant à l'explication comme à une planche de salut. C'est ça ! Il y a un moment que je me demande pourquoi je me sens si nerveux...

Je jetai un regard à Corélia Riscle. Elle devait elle aussi se sentir dans un état d'excitation qui ne semblait pas naturel. Je l'avais vue plusieurs fois en train de poser son livre pour le reprendre ensuite comme si elle faisait des efforts pour s'intéresser à sa lecture...

Nervosité... Mauvaise digestion...

Décidément, cela n'allait pas. Je pensais que je n'allais pas tarder à imiter Gisèle Bazas. Le canard duchesse ne passait vraiment, mais alors vraiment pas ! J'avais sur l'estomac un poids qui, à certains moments, me faisait regretter d'avoir un jour quitté la Terre.

Je fis la relation avec le clignotement du signal, ou plutôt avec ce que cachait cette alerte.

Une avarie quelconque ?... Je voulais bien. Mais quoi ?

Sans doute un mauvais fonctionnement du régulateur d'ambiance ? A moins qu'il n'y eût des ennuis de trajectoire ?

En tout cas, c'était extrêmement désagréable.

Je fis la grimace, ce qui amena un sourire

sur les lèvres de Septfonds. Une grimace due à ma digestion rebelle mais qu'il prit pour une marque de désappointement.

— Vous auriez pu parer ce coup-là ! me lança-t-il.

— Je sais, répondis-je avec un léger retard, ayant d'un regard d'ensemble jugé la situation. Je me suis laissé prendre...

Je ne désirais pas me montrer mauvais joueur mais j'espérais que cette partie se terminerait au plus tôt. En d'autres circonstances, je me serais employé à résister le mieux possible aux attaques réitérées de mon adversaire, voire à jouer la contre-attaque, mais là...

Je me défendis piteusement.

Setpfonds arbora un large sourire et déclara :

— Mon cher Gabriel Devermont, la partie est finie. Echec et mat !

Elle l'était, effectivement. Hugues avait si habilement disposé ses pièces que j'étais dans l'incapacité de tenter la moindre parade. Mais j'étais satisfait.

Ce fut à ce moment que Bertram Wayne en personne pénétra dans la salle de repos.

CHAPITRE II

Il nous salua militairement, d'un geste
assez raide qui me parut accuser un peu plus
sa froideur. Nous ne l'avions pas vu depuis
notre départ, même aux heures des repas
qu'il prenait seul dans sa cabine.

— Ma démarche auprès de vous a un
caractère quelque peu officiel, commença-
t-il d'une voix grave et bien timbrée. Nous
avons des ennuis de navigation et il est
probable que nous ayons un certain retard
sur l'horaire...

Annonce brutale. Bertram Wayne était peu
soucieux de nous ménager. Il disait la vérité.

Hugues Septfonds afficha une mine de
contrariété. Il demanda :

— Important, ce retard ?

— Je ne puis vous en préciser la durée,
répondit obligeamment le commandant
comme s'il venait seulement de se rendre
compte qu'il s'adressait à un civil. Cela peut
varier d'une heure à plusieurs jours...

— Plusieurs jours ! s'exclama l'industriel.

Mais j'ai des affaires à traiter, des marchés à emporter ! Vous vous rendez compte des conséquences qu'un retard important entraînerait ?... Vous allez me faire perdre des millions de crédits !

Le ton déplut au commandant du *Verseau* qui répliqua :

— Vous n'êtes pas ici à bord d'un transidéral, monsieur Septfonds, mais sur un astronef appartenant à l'Organisation des Explorations Spatiales ! Aucune réclamation ne sera prise en considération. Aucun motif ne pourra être retenu contre moi !... Toutefois, vous avez toute latitude pour contacter par radio-sub les principaux membres de votre centre d'activités commerciales... Sachez que le retard est également important pour moi et qu'il me préoccupe autant que vous. De plus, il n'est pas simplement lié à une question d'intérêts ! Sachez aussi que nous faisons actuellement le maximum pour déceler la panne... Si panne il y a !

Le ton employé par Bertram Wayne était autoritaire. Hugues Septfonds jugea préférable de ne pas entamer une discussion qui risquait de tourner mal.

— Excusez-moi, commandant, dit-il. Je n'aurais pas dû vous parler ainsi... J'accepte votre offre en ce qui concerne l'utilisation de la radio-sub...

— Je vous ferai signe, monsieur Septfonds...

— Que se passe-t-il exactement, commandant ? demandai-je à mon tour. Vous semblez ne pas croire en un défaut provoqué par une avarie...

— C'est exact, mais mon opinion n'est pas partagée par mes seconds.

— Mmm ! J'ai cru comprendre que le phénomène qui affecte l'astronef n'est peut-être pas dû à un mauvais fonctionnement des organes de l'appareil mais à une perturbation extérieure... Je vous dirai que je m'en doutais depuis quelque temps déjà. Nous sommes trois à avoir des problèmes de digestion. Or, je sais que cela arrive lorsqu'un vaisseau ne parvient pas à se stabiliser ou à maîtriser sa vitesse...

— Vous êtes bien documenté !

— J'ai lu pas mal de revues techniques et de récits de voyages dans l'espace, commandant. Je connais la plupart des vaisseaux ainsi que leurs qualités et leurs défauts... Sur le moment, j'ai cru à un mauvais fonctionnement du régulateur d'ambiance mais j'ai révisé mon opinion. Si tel avait été le cas, nous aurions été victimes d'autres perturbations...

— Encore exact, monsieur Devermont. Il ne s'agit pas du régulateur d'ambiance. Le vaisseau a un comportement qui peut vous occasionner quelques troubles, stomacaux ou autres, mais il n'y a pas lieu de vous alarmer. Dans l'espace, beaucoup de choses nous sont encore inconnues. J'ai fait face à des situations pires que celle-ci... Pour tout avouer, nous devons avoir affaire à l'un de ces courants dont on nous a tant parlé à une époque déterminée mais dont aucun savant n'a pu trouver l'origine...

— Un courant sidéral ? fit l'industriel. Vous voulez dire que l'astronef est emporté par un courant et que vous n'en avez plus le contrôle ?

— Dites-nous la vérité, commandant, intervint Corélia Riscle. Nous devons savoir !

Bertram Wayne se trouvait dans l'incapacité de se dérober. Il en avait trop dit ou pas assez. Sans doute le danger était-il plus grand qu'il ne voulait le laisser supposer ?

Pourtant, il demeura impassible. Son visage ne trahissait aucune émotion, aucune panique. Il était parfaitement maître de lui-même.

— N'exagérons pas, déclara-t-il. Rien n'est encore prouvé. Deux solutions sont envisagées... Pour l'heure, nous passons en revue tous les systèmes de navigation avec l'aide du cerveau électronique. Dans le même temps, nous tentons de déceler les facteurs de dérive et d'en déterminer les paramètres afin d'amener progressivement l'astronef à la même vitesse que celle du courant supposé. Ensuite, nous profiterons... disons d'une courbure de ce courant pour pousser notre vitesse au maximum, ou tenter une plongée subspatiale, chose que nous ne pouvons pas faire dans l'immédiat pour des raisons multiples... L'une ou l'autre manœuvre nous libérera du courant qui nous entraîne...

Il s'interrompit, reprit presque aussitôt :

— Voilà pour l'essentiel. Je vous demande de garder votre calme, de ne pas adresser la parole aux cosmatelots... Regagnez vos cabines respectives, et attendez d'autres instructions. Allongez-vous sur votre couchette, faites le vide en vous, c'est encore la meilleure façon de lutter contre le mal de l'espace. Et surtout, surtout, gardez confiance ! Laissez-nous exercer notre métier. Nous le connaissons bien, je puis vous l'assurer... Maintenant, je vous prie de m'excuser, je dois retourner au poste de pilotage...

Ayant dit cela, il tourna les talons et sortit.

Nous nous regardâmes. Nous étions tous inquiets quant à notre avenir.

Il me sembla que l'atmosphère était devenue lourde, que la température ambiante s'était élevée de façon anormale. J'avais toujours mon problème stomacal qui accentuait mon impression de malaise.

Suivant les conseils du commandant, je rejoignis ma cabine sans échanger une seule parole avec mes compagnons.

Je m'allongeai sur ma couchette mais cela me rendit plus malade que je n'étais. Je n'eus que le temps de foncer au bloc sanitaire individuel pour soulager mon estomac d'un repas devenu horrible. Je crus bien à ce moment-là que jamais plus je ne mangerais de canard !

Cependant, lorsque mon estomac fut libéré, je me sentis mieux. Je me brossai les dents, fis un brin de toilette et allai de nouveau m'étendre sur ma couchette.

Je n'y restai pas plus de cinq minutes.

Bien que je fusse inquiet, je ne cherchai pas à me rassurer en imaginant toutes les parades possibles au phénomène qui nous plongeait dans l'incertitude. Je ne me sentais pas nerveux. Je n'éprouvais pas le besoin de me créer un argumentaire aux seules fins de m'apaiser par le truchement de l'autosuggestion.

J'eus une réaction différente. Je pris dans mes bagages de quoi écrire. Ce que nous vivions, je voulais le mettre sur le papier afin de ne rien oublier. Je jouais les opportunistes, profitant de l'aventure pour jeter les bases d'un futur roman... Imaginer une histoire à partir des circonstances dont nous étions victimes serait relativement facile. Mais je ne me doutais pas, à ce moment-là, que je n'aurais qu'à raconter NOTRE histoire. Je pensais écrire un roman inspiré d'un fait vécu, espérant que l'ordinateur des éditions « Black River », sélectionneur de manuscrits, accepterait le mien... Encore que, paraît-il, les ordinateurs « déraillent » quelquefois...

Je faisais fi du présent, consacrant mon temps à écrire mes notes les unes en dessous des autres. Curieusement, l'inquiétude que j'avais d'abord ressentie s'estompait. A croire que manier le stylo m'apportait l'apaisement nécessaire.

Il s'écoula plus de deux heures.

Je n'étais déjà plus dans l'univers réel quand on frappa à la porte de ma cabine.

J'allai ouvrir.

Pâle, Corélia Riscle se tenait devant moi. Je compris, ou je crus comprendre qu'elle avait besoin d'une présence, de quelqu'un à qui elle puisse se confier...

Je l'invitai à entrer.

Elle alla s'asseoir sur le bord de la couchette. Je ne dis rien, attendant qu'elle veuille bien parler.

Il ne faut jamais poser de questions à celui ou à celle qui vient vers vous. Si l'on vous a choisi, c'est parce que l'on suppose que vous savez écouter, comprendre, vous montrer patient...

Je ne savais pas toujours écouter, ni comprendre, ni me montrer patient, parce que je me trouvais parfois dans des situations qui exacerbaient mes sens, ou devant des personnages particulièrement crispants du style Petit Singe. Pour le moment, cependant, j'étais prêt à écouter, sans intention d'intervenir, ce que Corélia avait à me dire.

Contrairement à ce que je supposais, elle n'ouvrit pas la bouche. Elle demeura assise sur le bord de la couchette sans prononcer un

mot. Son regard d'un bleu limpide était fixé
sur un point situé à l'infini.

Cette attitude me parut insolite, étrange.
J'avais une envie folle de lui demander ce qui
motivait sa présence mais c'eût été là une
maladresse. Mieux valait attendre qu'elle
parle sans contrainte.

Je me contins, allai m'asseoir auprès
d'elle, remarquai qu'elle tremblait.

Que s'était-il passé depuis qu'elle avait
quitté la salle de repos ? Quelles idées s'était-
elle mises en tête ? Avait-elle pensé que nous
étions condamnés à mourir dans l'espace ?

Lentement, elle se tourna vers moi, posa
ses mains sur les miennes, semblant vivre un
rêve. On aurait dit qu'elle était hypnotisée,
qu'elle n'était plus vraiment elle-même. Elle
me regardait avec insistance comme si elle
désirait lire au plus profond de moi.

J'étais gêné de cet examen. Je ne suis pas
laid, mais je ne suis tout de même pas
Apollon ou Adonis. J'ai toujours eu mon petit
succès auprès des femmes mais cela n'a
jamais commencé de cette manière-là...

Corélia me détaillait comme si j'avais été
un dieu. Son visage exprimait une admiration que je jugeais parfaitement imméritée.
Je m'efforçai cependant de ne pas rompre le
charme. La biologiste était belle, très belle,
et l'avoir près de moi, dans ma cabine,
m'était infiniment agréable malgré la gêne
que j'éprouvais.

Elle ne réagissait pas normalement. Mais

pouvais-je affirmer que nous étions tous dans notre état normal ? Le phénomène extérieur dont nous ignorions l'origine n'était-il pas la cause de nos maux ? Moi-même, n'aurais-je pas dû être inquiet ?

Corélia me dévisageait, un sourire énigmatique sur ses lèvres bien ourlées. Un sourire propre à envoyer directement en enfer tous les saints du paradis (à supposer que ces deux royaumes existent !). Je trouvais qu'elle possédait le plus beau visage du monde, des yeux d'une profondeur insoupçonnée, un nez délicat, une bouche adorable si bien faite pour le baiser... En moi naissait un désir naturel, une attirance compréhensible.

J'étais éveillé. Bien éveillé. Cela n'était pas un rêve. Corélia était là, avec moi, et nous restions à nous regarder comme des amoureux extasiés.

Je ne songeais pas à analyser mes sentiments. Je ne voyais plus que Corélia, une femme exquise, belle comme une aurore...

Quelque chose vibrait en nous. Nous étions proches l'un de l'autre, unis dans une attirance mutuelle. Mon visage touchait presque le sien. Quelques centimètres seulement séparaient nos lèvres... Un spectateur aurait cru que nous retardions à dessein l'instant où elles devaient se joindre. Mais il n'en était rien.

Corélia frémit lorsque nos lèvres se touchèrent.

J'eus pour ma part le sentiment d'embrasser une déesse. C'était comme si j'étais arrivé au plus haut sommet de mon idéal, comme si l'on m'accordait d'un seul coup ce à quoi j'avais le plus rêvé. Je ne comprenais pas ce qui m'arrivait. J'étais lucide et j'agissais pourtant dans une sorte de pulsion nébuleuse qui se confondait avec le chemin de la félicité...

Doucement je libérai une à une les attaches magnétiques de la tunique de Corélia. J'achevai ensuite de la dévêtir, découvrant un corps splendide, sans l'ombre d'une imperfection. Un corps d'une grâce et d'une harmonie qui aurait rendu jalouse Vénus elle-même...

Des seins hauts et fermes, magnifiquement galbés, aux aréoles rosées dont la pointe s'érigeait... Un ventre plat. Des hanches idéales. Des cuisses rondes, des jambes artistement dessinées...

Mes yeux ne parvenaient pas à se détacher de Corélia. Ils la caressaient d'un regard qui glissait sur le velouté de sa peau, épousant toutes les courbes de sa féminité, jusqu'aux plus intimes.

J'avais ôté mes vêtements.

Il m'est impossible de dire ce que j'éprouvai lorsque nos deux corps se touchèrent. Jamais je n'avais senti plus délicieux contact, même avec les femmes les plus jolies que j'avais rencontrées... Avec Corélia, tout était différent. Cet amour qui nous poussait l'un vers l'autre avait jailli spontanément et sublimait tout, nous amenant à découvrir des merveilles incomparables.

Nous ne faisions plus partie de la réalité. Nous étions seuls dans un monde à notre mesure, un monde spécialement créé pour nous. La grande force cosmique qui régit l'univers nous avait choisis, nous avait offert l'Eden et l'éternité. Nous étions un de par la volonté du maître du cosmos, pleins d'amour et de vie. Nous étions heureux...

Corélia ondulait de plaisir, multipliait ses caresses et ses attouchements, demandant plus encore. Un feu étrange nous embrasait, nous mettait en communion. C'était un arc-en-ciel de sensations nouvelles, de désirs toujours plus grands, et nous nous enfoncions dans un océan de bonheur. Un soleil bleu éclairait notre monde, jetant des feux à nuls autres pareils. Nous étions un...

Petits cris semblables à des gémissements, soupirs, murmures qui s'échappaient des lèvres de Corélia... Tantôt algue bercée par la mer, tantôt fleur épanouie, elle se transformait en fée d'amour, brisant les enchantements pour en faire renaître d'autres, plus beaux.

Sur son corps, je jouais au magicien. Je la transformais en lyre, en harpe, et elle vibrait. Mes doigts couraient sur elle. J'étais le vent qui ébouriffait sa chevelure d'or pâle. J'étais l'eau qui la baignait. Nous étions un...

Ces moments ne devaient jamais finir. Nous étions l'un à l'autre. Nous le fûmes jusqu'à l'explosion finale qui nous emporta dans un tourbillon d'ivresse. Et puis...

Et puis ce fut comme un réveil. Corélia écarquilla les yeux, regarda autour d'elle, étonnée, se redressa. Elle vit nos vêtements épars, parut réaliser d'un seul coup ce qui venait de se passer...

Durant quelques minutes, elle demeura songeuse, s'expliquant sans doute assez mal le fait qu'elle soit venue dans ma cabine. Pourtant, je ne devinai pas en elle le moindre regret.

Muette, elle ramassa ses vêtements, se rhabilla sans hâte et sortit.

CHAPITRE III

Pendant dix-neuf heures, le commandant Wayne, aidé de ses seconds : Joss Morland, le capitaine responsable des transmissions, et Patrick Ankay, le lieutenant, spécialiste en électronique, n'avait pas cessé de se donner tout entier à sa tâche.

Dix-neuf heures au cours desquelles les cosmatelots n'avaient pris le moindre instant de repos. Chacun avait fidèlement occupé son poste, Boris Vlajinski donnant l'exemple, avait vérifié un par un les organes de l'astronef afin de déceler une quelconque défaillance.

Aucune panne, cependant. On finit par reconnaître que Bertram Wayne avait raison. Un courant sidéral entraînait le *Verseau* à une vitesse prodigieuse.

Dix-neuf heures !...

Et puis, le lieutenant Ankay vint nous annoncer que l'astronef allait entrer dans une phase de retournement. Le courant qui nous emportait avait perdu beaucoup de sa

2

puissance et freinait à présent notre
« chute ».

— Notre chute ? fis-je. Vous voulez dire
que nous... tombons vers une planète ? Que
nous allons atterrir ?

— Oui, me répondit le lieutenant. La force
nous guide vers une planète inconnue. Si
nous sommes présentement dans l'incapacité de modifier notre trajectoire, nous pouvons effectuer certaines manœuvres dont
celle du retournement... qui nous empêchera
d'aller nous écraser contre le sol de cette
planète !... Les tests que nous avons effectués
se sont révélés positifs. Il n'y a aucun danger.
L'atterrissage se fera de la façon habituelle...
Regagnez vos cabines. Allongez-vous. Vous
sentirez moins les effets de la décélération.

L'officier semblait tout à fait à l'aise. Cela
nous rendait confiance. Cependant, je ne
pouvais m'interdire de penser à cet étrange
magnétisme qui attirait le vaisseau vers une
planète non répertoriée.

Monde habité ou non ? Qu'allions-nous
découvrir ?

L'aventure que nous vivions ne paraissait
nullement déplaire à Hugues Septfonds. Il
avait oublié ses inquiétudes et évoquait
l'émoi qui avait dû emplir le cœur des
découvreurs de terres nouvelles, des anciens
conquistadores, se prenant lui-même pour
l'un d'eux, ce qui eut pour effet de faire sortir
Norbert Noireaud de ses gonds !

— Ah ! fit-il. Ça vous va bien de jouer les Pizarre !

L'industriel fronça les sourcils, s'approcha du journaliste.

Je pensais qu'ils allaient en venir aux mains mais je me trompais. Hugues Septfonds se contenta de lui poser une question :

— Pardon ! dit-il sur un ton qui marquait une gêne, un embarras. Vous avez dit... Pizarre ?

J'eus envie d'éclater de rire mais déjà Petit Singe ripostait :

— Parfaitement ! s'écria-t-il en crispant les poings. Pizarre ! Francisco Pizarro, si vous préférez. Celui qui, avec l'aide de ses deux frères Hernando et Gonzalo, alla conquérir le Pérou ! Vous n'êtes pas mieux qu'eux !... Ça vous plairait, hein, qu'il y ait des gens sur cette planète ? Des esclaves en puissance ! Des gros sous en perspective...

— Calmez-vous, lui demanda le lieutenant. Le moment n'est pas aux discussions. Regagnez votre cabine. La phase de retournement va commencer dans un quart d'heure environ...

Petit Singe grommela quelques mots. Personne ne comprit, mais ce qu'il avait dit n'était certainement pas joli-joli. Visiblement, il était remis de son indigestion. Il fut le premier à quitter la salle de repos.

Je laissai partir l'industriel et sa secrétaire afin de rester seul pendant quelques instants avec Corélia Riscle. Mais celle-ci ne me prêta aucune attention. Elle voulait sans doute oublier ce qu'il y avait eu entre nous, rétablir les distances...

Cela n'avait-il été qu'un caprice, qu'une envie passagère, qu'un simple désir sexuel ? Il m'était difficile de le croire. Pour moi, tout avait été différent.

Corélia m'ignora donc, gagna la coursive qui conduisait aux cabines. Je fis de même.

* * *

L'astronef se posa sans le moindre heurt sur la planète inconnue.

Fort aimablement, le lieutenant Ankay revint auprès de nous pour nous dire que la manœuvre s'était effectuée normalement mais que nous devions, pour l'heure, rester à bord. Il nous invita ensuite à nous rendre à la salle de repos afin que nous soyons en mesure de suivre sur l'écran mural les images que transmettaient les caméras extérieures.

L'officier caressa sa courte barbe blonde puis nous expliqua qu'il nous faudrait demeurer à bord tant que les analyses de routine n'auraient pas été faites. En effet, il convenait de s'assurer avant tout que l'air était respirable, qu'il ne comportait pas de gaz nocifs ou des germes de maladie ou encore des poisons particuliers. On devait également prendre toutes les précautions indispensables en prévision d'une confrontation avec les habitants de ce monde.

Mais la question primordiale était de savoir si nous repartirions bientôt. Et cette question, ce fut la belle Gisèle Bazas qui la posa.

— Combien de temps resterons-nous ici, lieutenant ? demanda-t-elle. Ne pourrions-nous pas repartir immédiatement ?

Le lieutenant toussota.

— Il ne servirait à rien de mentir, déclara-t-il. Je serai franc avec vous... La force agit toujours, nous immobilise. Nous sommes cloués au sol !

— Alors... Nous ne pourrons plus repartir ?

— Dans l'état actuel des choses, non, répondit l'officier. La force est si puissante qu'elle neutralise nos réacteurs ainsi que notre système antigrav...

Curieusement, cette nouvelle ne déclenchait en nous aucune panique. Même pas une vague inquiétude. Chacun acceptait la situation comme une chose naturelle. Seule la curiosité nous poussait à interroger le lieutenant Ankay, un homme pour qui j'avais beaucoup de sympathie.

Celui-ci poursuivit :

— Nous soupçonnons l'action d'un peuple évolué... Notre vaisseau a été pris en charge par un train d'ondes qui l'a guidé jusqu'à cette aire plane sur laquelle nous nous sommes posés... A juste titre, le commandant

estime que notre présence ici n'est pas gratuite et que nous serons tôt ou tard contactés
par les intelligences locales ! Il n'y a aucun
doute là-dessus... En ce qui me concerne, je
pense que nous ne tarderons pas à être
édifiés. Les psychosondeurs vont nous ren-
seigner... D'ores et déjà, nous ne craignons
pas d'affirmer que nous aurons affaire à des
êtres très évolués, des gens qui disposent
d'une technologie avancée. Il ne peut en être
autrement.

— Selon vous, que nous veut-on ? s'enquit
Corélia.

Le lieutenant fit un geste évasif, ne remarqua pas le regard admiratif de la jeune
femme (moi, si !).

— Vous m'en demandez trop, répondit-il.
On peut toutefois supposer que nos vies ne
sont pas en danger. Si les habitants de cette
planète avaient voulu nous détruire, ils l'auraient déjà fait. Il leur suffisait de projeter
l'astronef contre le sol... Au lieu de cela, nous
avons été guidés. Le terrain a été admirablement bien choisi. Mais, venez ! Vous allez
vous en rendre compte par vous-mêmes !

Nous nous rendîmes dans la salle de repos.
Corélia s'arrangea pour rester auprès de
l'officier.

Patrick Ankay pianota sur les touches d'un
clavier associé à l'écran TV-3D. Celui-ci
s'éclaira et nous montra, en chromorelief, les
premières images du monde sur lequel nous
avions atterri.

Une splendeur !

Un paradis !

Par les lents mouvements des caméras extérieures, nous découvrîmes un paysage d'une beauté inouïe. Dans un ciel transparent, sans nuage, brillait un soleil d'un bleu intense. Une plaine s'étendait sous nos yeux extasiés, couverte d'une herbe grasse d'un vert tendre et nuancé. Nous distinguions des mamelons aplanis sur lesquels poussaient des fleurs d'une blancheur immaculée, des fleurs aux larges pétales, au cœur d'un beau jaune vif.

Beaucoup d'arbres. Très différents. Certains d'entre eux possédaient un tronc énorme, avec une écorce brune veinée d'argent. Les feuilles étaient de plusieurs couleurs et, sous la caresse d'un vent léger, elles semblaient vivre d'une vie étrange. D'autres arbres, à l'écorce blanche, se distinguaient par leur tronc grêle et par leurs branches longues et fines remplies de fleurs roses ou bleues.

Mais ce qui frappait le plus notre imagination dans ce décor de paradis, c'était assurément ces grands oiseaux aux longues plumes écarlates qui volaient majestueusement dans un mouvement d'ailes rempli de grâce. Nous aperçûmes aussi une sorte de héron, un échassier aux plumes blanches et frisées, au long cou terminé par une tête fine au bec noir, une tête couronnée d'une aigrette. Un oiseau merveilleux.

Tout était fait pour captiver notre esprit, pour charmer nos sens et éveiller des rêves enfouis dans notre mémoire. La beauté qui émanait du paysage nous rendait muets d'admiration. Jamais je n'avais contemplé un tel décor, même dans les parcs royaux du palais de Sabaal, sur Véga III. Ici, tout était féerie. On eût dit qu'un maître jardinier, doublé d'un peintre exceptionnel, avait conçu ce paysage pour illustrer un conte de fée. Il ne manquait plus que les elfes et les lutins, et aussi ces animaux fabuleux des légendes terriennes.

Cette planète était un véritable joyau. La pierre des pierres. Et il nous était donné de la voir, de l'admirer ! Bientôt, nous marcherions sur cette herbe, nous nous approcherions de ces essences royales, de ces oiseaux de paradis. J'étais sûr que nul ne regrettait notre escale forcée. Pas même Norbert Noireaud !

Une onde de bonheur nous emportait. Nous nous sentions heureux, sans être capables de dire pourquoi. Etait-ce le paysage qui rendait nos cœurs aussi légers ?

Je glissais délicieusement sur la pente ouatée du rêve, gravant dans ma mémoire gourmande toutes ces images pleines de magnificence. Elles resteraient à jamais inscrites au plus profond de mon être, comme un trésor enfoui que l'on déterre ensuite, à certaines époques de la vie, uniquement pour jouir du spectacle. J'accumulais les rubis, les émeraudes, les perles rares. Je cueillais toutes les fleurs, tous les fruits de l'Eden.

Cet instant était unique. J'éprouvais un bonheur comparable à celui que j'avais connu dans les bras de Corélia. C'était une lente montée vers les sphères ignorées de la splendeur, vers le règne de la couleur et de la lumière, vers la connaissance du temps. Pour un peu, j'aurais juré que les lois, sur ce monde, étaient différentes, qu'elles échappaient au cosmos lui-même, tant j'étais pénétré par la beauté de ce royaume. Je pensais que le peuple qui vivait là devait être à l'image de son milieu et, malgré une petite appréhension, j'avais hâte d'en rencontrer les premiers représentants. Je ne me sentais pas, comme Hugues Septfonds, l'âme d'un conquérant, car je n'ai jamais approuvé le viol d'aucun territoire. En cela, Norbert Noireaud avait raison. Notre histoire était jalonnée de tristes exemples. Conquêtes par la puissance des armes ou, sous un jour plus fallacieux, par les missionnaires. Dans les deux cas, on avait abouti à l'esclavage, au commerce honteux des vies humaines... Heureusement, l'Empire Confédéral Terrien avait, dès le début des explorations spatiales, interdit formellement de coloniser des mondes habités. Et c'était là une excellente chose.

Je m'étais rapproché de Corélia, espérant

avoir avec elle un discret entretien. A ma grande surprise, elle me sourit et murmura :

— C'est beau, n'est-ce pas ?

— Oui, dis-je. Très beau. J'ai l'impression d'assister au commencement du monde.

Elle soupira, murmura encore :

— J'aimerais vivre ici...

Profitant de sa rêverie, je lui pris les mains. Elle ne se déroba pas.

— Ne vous laissez pas séduire, dis-je, prudent. Sur cette planète, l'homme est peut-être un hôte indésirable !... Et puis, nous ne savons pas encore si la vie est possible pour lui. J'imagine que, sur ce monde, il existe également des dangers, des pièges de toutes sortes...

— Sans doute, mais quand on a contemplé de telles merveilles, on n'a plus du tout envie de retrouver la Terre...

Norbert Noireaud s'était approché de l'écran. Il ricana, s'adressa à l'industriel :

— Un beau coin pour construire une usine, hein, monsieur Septfonds ?

J'étais encore d'accord avec lui quant à l'allusion. Combien de paysages l'industrie n'avait-elle pas détruits ?

Hugues Septfonds préféra ne pas répondre, évitant soigneusement une discussion qui le plaçait d'emblée dans une inconfortable position.

Voulant dissiper la gêne qui s'était installée, je dis :

— J'ai hâte de me trouver dehors ! Hâte de profiter de cette escale enchantée...

— Il vous faudra attendre le résultat des analyses, me dit le lieutenant. Mais je partage cette hâte. Ce n'est pas tous les jours qu'on découvre un tel paradis !

— Je suis sûr que vous allez écrire un excellent article, lançai-je à Norbert Noireaud.

— Et vous, un bon livre, me renvoya-t-il.

J'étais sincère, et il devait l'être également. C'était le premier échange amical qu'il y avait entre nous depuis que nous avions quitté Izaad. J'en étais assez étonné. Noireaud l'était certainement autant que moi.

Nous n'étions plus tout à fait les mêmes. Cette planète nous transformait ! Nous n'allions pas tarder à en avoir la confirmation...

CHAPITRE IV

Une chose était certaine : nous n'étions pas en mesure de repartir. La veille, déjà, le lieutenant Ankay l'avait signifié à Gisèle Bazas. Le capitaine Morland, que je rencontrai en sortant du bloc sanitaire, me répéta les mêmes paroles. Nous étions cloués au sol. Le point, cependant, avait été fait. Nous nous trouvions dans un secteur inexploré de l'espace mais, grâce aux vecteurs de dérive déterminés par MK-5, le cerveau électronique, il était possible aux astronautes de connaître notre position exacte par rapport à Izaad. Nous n'étions donc pas perdus dans le cosmos comme nous l'avions cru tout d'abord.

Joss Morland m'apprit également que Bertram Wayne avait essayé de contacter tous ceux qui étaient susceptibles de nous venir en aide. Mais aucun des appels effectués par le truchement de la radio-sub n'avait reçu de réponse. Nous étions isolés.

Paradoxalement, nous n'éprouvions pas la

moindre contrariété. Simplement une sorte
de gêne intérieure. Notre logique disait que
nous aurions dû être inquiets, angoissés. Or,
nous ne l'étions pas ! Nous acceptions notre
sort comme si nous étions venus là de notre
plein gré, en touristes, comme si nous étions
venus tout exprès pour admirer la faune et la
flore de cette merveilleuse planète.

Le capitaine Morland me quitta. On l'attendait au-dehors pour la mise en place d'un
poste de radio. Je me demandais à quoi cela
pouvait bien servir...

J'avais hâte de sortir du vaisseau, et je
supposais qu'il en allait de même pour les
autres passagers. On m'avait assuré qu'il n'y
avait aucun problème en ce qui concernait
notre « débarquement ». L'air était parfaitement respirable, et les testeurs atmosphéri-
ques n'avaient décelé aucune nocivité, sous
quelque forme que ce fût, pour notre orga-
nisme. Nous pouvions donc, sans danger,
vivre à l'air libre.

Sous la direction des cosmatelots, des
androïdes de type Bé montaient des solcares.
C'étaient des habitations faites d'un assem-
blage de panneaux d'isocal, matière nouvelle
qui isolait du froid ou de la chaleur. Ces
baraquements, au nombre de cinq, étaient
bien connus des voyageurs spatiaux, militaires, explorateurs ou autres. Leur utilité, leur
côté pratique, n'étaient plus à démontrer.
Très bien agencés, les solcares offraient un
confort acceptable.

Je n'avais pas vu la biologiste depuis la veille, et cela me chagrinait. J'espérais qu'elle n'était pas souffrante. Au contraire, certains souvenirs me plongeaient dans la béatitude, me faisaient revivre une scène que je n'étais pas près d'oublier. J'imaginais Corélia nue, dans sa cabine, voluptueusement allongée sur sa couchette, rêveuse elle aussi, perdue dans un royaume pour moi inaccessible...

Elle m'attirait. J'avais envie de connaître encore avec elle de délicieux instants, de jouer à redécouvrir son corps et son âme. Cependant, en raison de son attitude de la veille, je n'osais aller vers elle. Je sentais comme une cassure. Nous nous étions aimés là, sur ma couchette, puis Corélia était repartie. Depuis, elle semblait avoir tout oublié...

Deux fois j'étais allé jusqu'à la salle de repos dans l'espoir de l'y trouver. Elle n'y était pas. Deux fois je revins dans ma cabine, déçu.

Pour tuer le temps et tromper ma nervosité, je pris quelques notes destinées à mon futur roman. Je tenais une sorte de journal qui me permet, aujourd'hui, d'écrire ces lignes...

Je n'y tins plus. J'avais besoin de parler à Corélia ! Besoin d'elle ! Besoin de la chaleur de son corps !

Je sortis, allai frapper à la porte de sa cabine.

Une fois. Deux fois...

Pas de réponse.

Etait-elle déjà sortie ou ?...

— Elle n'est pas là, me dit Gisèle Bazas qui, m'ayant entendu frapper à la porte voisine de la sienne, venait d'ouvrir. Elle est partie avec Hugues... enfin, avec monsieur Septfonds et le lieutenant... Il paraît qu'ils visitent le vaisseau...

Je tiquai, trouvant que le moment était plutôt mal choisi pour une visite de ce genre. J'estimais que la place du lieutenant devait être auprès de ses hommes. En somme, tout le monde travaillait, sauf lui !

Bah ! Au fond, cela ne me regardait pas. Et puis, il n'agissait peut-être que sur l'ordre du commandant Wayne... Et du moment que Hugues Septfonds était avec lui...

— Vous semblez déçu, fit la secrétaire de l'industriel.

— Nnnon... C'est-à-dire que j'aurais aimé poursuivre une conversation commencée hier...

Réponse embrouillée, pas convaincante du tout.

Un sourire se dessina sur les lèvres de la jeune femme.

— Je vois, dit-elle.

Ben voyons ! Elle avait compris, la fine mouche ! Son sourire s'accentua, découvrant des dents très blanches.

— Nous pourrions peut-être bavarder un peu ? dit-elle encore. Justement, je m'ennuyais. Le capitaine Morland m'a dit que nous ne quitterions le vaisseau que dans quelques heures...

J'acquiesçai d'un signe de tête.

Gisèle ouvrit toute grande la porte de sa cabine.

— Venez ! me lança-t-elle.

J'entrai. Elle referma soigneusement la porte derrière elle, vint vers moi et, sans préambule, m'embrassa.

La surprise, pendant une fraction de seconde ! Puis je répondis avec fougue à son baiser, laissant courir mes mains le long de sa taille.

Cette réception inattendue n'en était pas moins agréable mais je me demandais comment réagirait Septfonds s'il me trouvait en compagnie de sa secrétaire...

— Ne craignez rien, dit-elle comme si elle avait deviné mes pensées. Hugues n'est pas jaloux... Comme il n'accomplit pas de performances, il me laisse beaucoup de liberté...

Elle accompagna cette dernière phrase d'un petit rire plein de sous-entendus. Elle me fixa, droit dans les yeux et, sans aucun complexe, se déshabilla.

— Qu'est-ce que tu attends pour faire pareil ? demanda-t-elle, passant sans transition au tutoiement.

Invitation claire. Sans bavure !

A mon tour, je me dépouillai de mes vêtements, non sans admirer la nudité de Gisèle. Un corps parfait, elle aussi... Des seins un peu lourds, mais bien faits, des seins qui n'avaient pas besoin d'être soutenus. Un ventre plat, orné à la base d'un triangle de mousse noire. Des cuisses fermes... Tout ce qui attire l'œil et le captive, donnant à l'observateur les décharges intimes qui préparent à l'amour.

Je cherchais Corélia, et je trouvais Gisèle. En cet instant, j'oubliai la première au profit de la seconde. Elle était belle, et elle le savait. Féline, elle s'étira puis, d'une démarche ondulante, elle s'approcha de moi.

— Comment me trouves-tu ?

Je demeurai sans voix, peu habitué à ce style direct. Décidément, Gisèle était une fille curieuse. Je croyais la connaître ; je ne faisais que la découvrir.

Elle joua alors les mannequins, marcha dans la cabine, s'arrêtant pour prendre des poses provocantes, usant de tous ses charmes.

— Alors ? fit-elle dans un sourire qui me troubla un peu plus.

— Tu... tu es magnifique ! répondis-je, complètement déphasé.

— Je te crois, répliqua-t-elle sans cesser de sourire. J'avoue que je ne suis pas mécontente de l'effet produit...

Elle baissa les yeux vers la partie de mon anatomie à laquelle elle faisait allusion. Ses longs cils ombragèrent son regard. Puis elle se renversa sur sa couchette.

— Viens ! Embrasse-moi...

Nymphomane ?... Peut-être. Mais en tout

cas très belle, très attirante. Je n'avais nulle envie de résister. Je répondis à son désir que je partageais très sincèrement.

Elle était femme ardente. Un volcan !

Nous brûlions du même feu. Notre passion jaillissait comme un torrent de lave. Gisèle tremblait d'ivresse folle, incapable de contenir son impatience. Elle était l'amour qui explose, l'amour qui donne et qui reçoit, l'amour avide de l'amour. Nous échangions mille caresses fébriles, murmurions des paroles insensées qui nous donnaient de nouveaux vertiges. Nous étions l'un à l'autre soudés, vibrants, hors d'haleine, comme des forçats d'amour. Nous étions nous. Le reste ne comptait plus. Le corps de Gisèle était une vague puissante dont je brisais les assauts pour mieux les renouveler.

Ensemble, nous atteignîmes les sommets convoités de l'ivresse, idéalisant, dans une étreinte ultime, l'amour physique que nous nous étions donné.

Et la réalité revint.

Gisèle me regardait sans me voir. C'était comme si je n'existais pas, comme si j'étais transparent. Cette lueur qui brillait au fond de ses yeux noirs, je l'avais déjà remarquée dans ceux de Corélia. Oui. C'était bien la même...

Nous restâmes allongés côte à côte pendant un temps que je ne sus déterminer. Puis, nous décidâmes de nous séparer, pensant qu'il valait mieux que l'on ne sache pas ce qui s'était passé entre nous. Bizarre, ce sentiment de culpabilité qui nous envahissait tout à coup...

* * *

Je revis Corélia au repas de la mi-journée. Le commandant Wayne, rompant avec ses habitudes, avait pris place parmi nous, à l'une des tables du restaurant du bord. Celle où, précisément, étaient installés ses deux seconds et la biologiste.

Au dessert, Bertram Wayne se leva, réclama le silence et nous annonça que, désormais, nous ne ferions plus qu'un repas « normal » par jour afin d'économiser les provisions de viande et de légumes contenues dans les congélateurs. Nous devrions, au petit déjeuner comme au dîner, nous contenter de pilules nutritives, aliments synthétiques qui nous seraient délivrés par un distributeur électronique installé dans l'un des solcares transformé en réfectoire pour les besoins de la cause !

— Vous comprenez, ajouta le commandant, nous ignorons pour combien de temps nous sommes là. Nous devons être prévoyants... Par la suite, si nous trouvons du gibier en conséquence, nous verrons à améliorer l'ordinaire... Je dois vous dire également que, malgré les circonstances, je reste responsable de vos vies à tous. Je vous demande donc, et particulièrement aux

civils, de ne rien faire qui puisse être néfaste
à la collectivité. Ne vous éloignez pas trop de
la base. Observez les consignes de sécurité, et
tout ira bien...

* *

J'avais encore en tête les éléments du
discours. Comme Bertram Wayne l'avait
annoncé, nous nous retrouvâmes, le soir,
dans le solcare qui servait à la fois de
restaurant et de salle commune. Nous avions
quitté l'astronef pour fouler le sol de la
planète. Nous étions allés d'enchantement
en enchantement, avions découvert avec
émerveillement un monde neuf où les jours
et les nuits, selon les calculs du cerveau
électronique, avaient une durée sensible-
ment égale à celle des périodes terrestres
correspondantes. Une température idéale.
Un cadre parfait. Que demander de plus ?
Nous étions heureux.

L'enchantement devait bientôt devenir
euphorie. Lentement, nous nous transfor-
mions. Nous ne pensions plus qu'à jouir des
trésors de la planète. Nous ne voulions plus
repartir. Chacun de nous souhaitait finir ses
jours sur ce monde, oubliant jusqu'à l'exis-
tence de la Terre...

Nous nous suivions. Nous avancions les
uns derrière les autres, une soucoupe à la
main, vers le distributeur d'aliments. On
aurait dit une file de mendiants. Devant moi,

des cosmatelots échangeaient quelques plaisanteries. Derrière moi, Corélia Riscle, plus belle que jamais, devisait avec le lieutenant Ankay (encore lui !). Gisèle Bazas, quant à elle, tenait compagnie à Hugues Septfonds. Seul Petit Singe était resté à l'écart, probablement perdu dans l'une de ses révolutions spéculatives...

J'ignorais tout du fonctionnement de l'appareil distributeur, aussi, lorsque je fus en troisième position, je me plaçai de côté afin de voir comment je devais procéder. Le cosmatelot qui me précédait, voyant mon embarras, me donna les explications nécessaires :

— Vous voyez ? Il y a sept boutons. Un pour chaque jour de la semaine. Vous pouvez commencer par celui que vous voulez mais il vaut mieux, pour avoir une alimentation équilibrée, varier le plus possible... Certaines pilules sont plus riches en vitamines C que d'autres. Les bleues, par exemple, contiennent beaucoup de phosphore. Les rouges sont pleines de calcium... Pour nous, ce n'est pas pareil. On n'a plus besoin des boutons. Le mini-ordinateur placé à l'intérieur connaît notre corps et détermine lui-même notre régime alimentaire... Nous annonçons à haute voix notre nom et clac ! le plat tombe... Si on peut appeler ça un plat !

J'eus un regard atone pour l'appareil qui me faisait penser à une grosse armoire métallique.

— On n'arrête pas le progrès, dis-je.

— Bon ! Regardez, dit-il. C'est mon tour...

Il me donna un coup de coude amical et plaça ensuite sa soucoupe dans une cavité prévue à cet effet.

— Al Ygon, annonça-t-il clairement.

Il y eut aussitôt dans l'appareil une série de déclics et, dans la soucoupe, tombèrent des pilules et des dés de viande concentrée dragéifiés.

L'ami de Al, qui avait suivi notre conversation sans toutefois y participer, lorgna la soucoupe et remarqua :

— Tiens ! Tu n'as pas de petite boule verte, toi !

— Non, répondit Al en riant. Tu sais bien que je ne prends jamais de sauce !

Ils éclatèrent de rire tous les deux en même temps et s'éloignèrent.

De plus en plus, je pensais que nous n'étions pas dans notre état normal. Cette indifférence pour notre situation ne coïncidait pas avec notre logique humaine. Pourtant, comme les autres, j'acceptais l'euphorie du moment, repoussant les questions embarrassantes pour ne songer qu'à la joie d'être un habitant de l'Eden.

Avant d'aller m'asseoir pour avaler tranquillement les aliments synthétiques, je jetai furtivement un coup d'œil derrière moi. Corélia et le lieutenant, qui s'étaient un instant attardés devant le distributeur, se dirigeaient vers une table située dans l'un des coins de la pièce.

Compris! Inutile d'aller déranger un si beau couple. Lui, la dévorait des yeux, et elle faisait exactement la même chose.

— Alors? T'es tout seul? me demanda Norbert Noireaud. La nana t'a laissé tomber?... Bah! Qu'est-ce que tu veux faire à ça? C'est le prestige de l'uniforme. Ça marche encore ces trucs-là... Mais faut pas trop t'en faire. Tiens! Tu n'as qu'à draguer l'autre! Elle n'est pas mal non plus...

— C'est déjà fait! répondis-je d'un ton bref.

Petit Singe ricana, dit encore :

— Ne te fâche pas, c'est mauvais pour l'estomac. Viens plutôt t'asseoir.

Malgré moi, je le suivis. Je ne parvenais pas à lui en vouloir. Il m'était pourtant antipathique au possible, et j'avais eu maintes fois envie de lui envoyer mon poing dans la figure. Mais, à ce moment-là, j'ignorais pourquoi notre personnalité était ainsi altérée...

Preuve flagrante que nous n'étions plus normaux : Petit Singe proposa de jouer aux devinettes! C'était débile, j'en conviens, mais je ne m'en aperçus qu'avec le recul. Je trouvai l'idée excellente. Des cosmatelots, nous voyant rire comme des bossus, vinrent se joindre à nous. Mais le clou de la soirée, ce fut la présence parmi nous du commandant Wayne. Lui qui, selon les officiers qui le secondaient, n'avait jamais ri, semblait vouloir rattraper d'un seul coup les années perdues !

— Et qu'est-ce qu'il ne faut jamais dire à un suppositoire ? demanda-t-il tout en larmoyant, tellement il avait ri.

Bref silence. Puis un cosmatelot pouffa. On l'imita. On ne savait plus pourquoi on riait. C'était communicatif, une réaction que nous ne pouvions contrôler.

Wayne donna la réponse sans tarder :

— Eh bien voilà, dit-il, se tenant le ventre. Il ne faut jamais dire à un suppositoire... qu'il manque de fondement !

Eclats de rire.

Nous en étions là, à rire avec des bêtises. Nous avions mal dans les côtes. Si nous avions bu force verres d'alcool, l'ambiance n'aurait pas été meilleure !

Au tour de Noireaud.

— Vous savez ce que ça veut dire « flic » ?... Non, vous ne savez pas ! Je vais vous le dire... Fédération lamentable des imbéciles casqués !...

Il s'esclaffa et ajouta :

— Celle-là, c'est un copain qui me l'a sortie au temps où il faisait de la contrebande...

— Ah ? fit Wayne, intéressé, vous connaissez quelqu'un qui faisait de la contrebande ?... De la drogue ?

— Non, répondit Noireaud ! Du bromure !... Tout le monde sait bien que le bromure est un produit de contrebande !

Je riais à perdre haleine.

— Si ça continue comme ça, dis-je à mon tour, je finirai comme garde des sots dans un asile d'aliénés !

Car nous étions aussi fous les uns que les autres. C'était à celui qui dirait la plus grosse ânerie. Je n'ai pas enregistré tout ce qui fut dit au cours de cette soirée ; j'aurais pu en faire un livre. Je me fie à mes notes. Cependant, je doute encore, à l'heure qu'il est, de la véracité de cet épisode...

Avant de prendre congé de nous, Bertram Wayne nous lança encore :

— Ne veillez pas trop tard. Economisez l'énergie... Je sais bien que nous sommes loin de la fièvre naphteuse de la fin du vingtième siècle mais ce n'est pas une raison pour gaspiller...

Des fous !

Nous étions tous fous !

Nous n'étions plus vraiment nous-mêmes !

Au moment où je me préparais à quitter la joyeuse ambiance pour gagner ma chambre située dans le solcare voisin, je vis Gisèle Bazas qui venait vers moi. Elle cligna de l'œil et, d'un imperceptible mouvement de tête, elle m'invita à la suivre.

Pas besoin de dessin. Je savais que cette nuit-là ne serait pas de tout repos.

CHAPITRE V

J'avais passé avec l'ardente Gisèle une nuit mémorable. Néanmoins, je me levai tôt, goûtant au plaisir d'un matin ensoleillé. Et il ne s'agissait pas de n'importe quel soleil ! Le nôtre était bleu, extraordinairement bleu, et nimbait le paradis de colorations nouvelles, mariant les valeurs, étirant l'outremer et le cobalt jusqu'aux violets, jusqu'aux mauves...

Lentement, je m'éloignais des solcares, cherchant dans le silence des impressions inconnues. Il faisait chaud déjà, et les effluves odorants, délicats et subtils, parfumaient mon chemin.

Des fleurs, timidement, déployaient leur corolle, offrant à l'insecte bourdonnant quelque secret nectar. Quelques papillons multicolores voletaient dans les écharpes de brume. Dans l'air, se tenant très près du feuillage changeant des grands arbres, des espèces de petites billes vertes se tenaient immobiles. Elles étaient absolument lisses, et je les pris tout d'abord pour des fruits mais, en y regardant mieux, je ne vis aucun lien entre elles et les branches. Elles semblaient flotter, se confondant le plus souvent avec les tons verts et bruns du décor. Il y en avait plusieurs dizaines, difficilement décelables. Je pensais qu'il devait s'agir d'insectes particuliers qui, malgré l'heure matinale, recherchaient l'ombre des grands arbres.

Mais tout était nouveau sur ce monde. Je n'étais pas au bout de mes surprises. L'avenir m'en réservait de plus grandes encore...

Littéralement envoûté par autant de beautés accumulées, je poursuivis mon chemin, interrompant quelquefois ma promenade pour admirer une fleur curieuse, une essence particulière. Je faisais une moisson d'images toutes plus belles les unes que les autres.

Nous avions eu une chance inouïe d'échouer sur cette planète de rêve! Si, comme nous le supposions, il existait des êtres qui possédaient une technologie avancée, nous devions leur reconnaître une autre supériorité : celle de respecter la beauté naturelle de leur monde!

Je marchais depuis un bon moment déjà dans un espace où la sylve et les fougères arborescents avaient pris le pas sur les hautes herbes. Le soleil bleu glissait ses rayons dans les frondaisons, unissait sa lumière limpide à l'eau pure d'un ruisseau...

C'était presque trop beau...

Trop beau pour être vrai !

Mais qu'est-ce que la beauté ? A quoi la reconnaît-on ?

Au xxe siècle, on admirait bien cette superbe horreur qu'est le centre Beaubourg ! Une horreur qui existe encore, hélas !... Mais, nos historiens sont d'accord là-dessus, la fin de ce siècle avait été le règne de la contre-vérité où la laideur sous toutes ses formes avait été élevée au pinacle !... Tiens ! En cet instant, si Noireaud me proposait d'aller faire sauter Beaubourg, je l'accompagnerais sans hésiter ! L'ennui, c'est qu'il ne me demandera pas une chose pareille car c'est un peu son monument aux morts à lui, un souvenir du temps béni de l'anarchie...

Passons.

Au milieu des arbres et des fleurs, j'étais heureux. La beauté, c'était ce que voyaient mes yeux, c'était tout ce qui vivait autour de moi. Beauté des formes et des couleurs. Beauté de la vie...

Un bruit, soudain, me fit sursauter. Un froissement de feuilles suivi d'un craquement me tirèrent de ma rêverie. Je me retournai brusquement, sur la défensive, cherchant une pierre, une branche, quelque chose pour me défendre.

L'espace d'un éclair, je réalisai que je m'étais imprudemment éloigné de la base et que le pire pouvait m'arriver. Pour la première fois j'envisageai que ce monde cachait peut-être des dangers.

Je ne distinguai rien. Seule mon imagination travaillait.

Un fauve ? Une bête féroce ? Un ennemi ?... Je commençais à aimer beaucoup moins cette planète.

N'osant bouger, je regardais en direction de l'endroit où le bruit s'était produit, prêt à vendre chèrement ma peau s'il le fallait.

J'aperçus alors un visage entre deux feuilles de fougères. Un visage noir, avec des longs cheveux d'un blanc de neige, et deux yeux verts qui me fixaient, qui étudiaient mon comportement !

Mon sang ne fit qu'un tour. Instinctivement, croyant découvrir d'autres visages, je tournai la tête. Je me remémorai quelques situations semblables à la mienne ; des situations décrites dans de très vieux romans d'aventures... Le brave explorateur, perdu dans la jungle qui tombe brusquement dans une embuscade tendue par des « sauvages » emplumés...

Ridicule.

Il n'y avait qu'un seul personnage. Et ce personnage me regardait. Il ne paraissait pas animé de mauvaises intentions à mon égard, ce qui me rassurait quelque peu. Par contre, j'avais eu, moi, une attitude belliqueuse qui avait pu l'indisposer. Déjà, je le regrettais.

Vraiment, je ne pensais pas rencontrer les habitants de cette planète dans de telles conditions.

Doucement, je baissai les bras, m'efforçai

de donner à mon visage une expression plus
amène. Puis, je fis un pas en direction de
l'homme noir dont les yeux verts restèrent
braqués sur moi.

Je continuai d'avancer. Je vis alors le
personnage tout entier. Il s'agissait bien d'un
homme. Un homme presque nu, très beau. Je
m'arrêtai à deux pas de lui. Il demeura
immobile, figé, se contentant de me détail-
ler, un peu comme lorsqu'on regarde un
objet qui sort de l'ordinaire.

En la circonstance, j'eus le sentiment que
si sauvage il y avait, ce ne pouvait être que
moi ! Celui qui se tenait devant moi n'était ni
surpris, ni gêné par ma présence. Pour lui, je
faisais partie du décor, sans plus. Aucune
lueur d'intérêt dans le regard, aucune peur
non plus. Rien. Une maîtrise parfaite !

Il en allait tout autrement en ce qui me
concernait. Je trouvais l'homme superbe.
Solidement bâti, les muscles bien dessinés, il
me faisait penser à quelque héros mythologi-
que ; un Apollon d'ébène. Ses cheveux
blancs, laineux, très abondants, lui descendaient jusqu'aux épaules. Mais ce qui me
frappait le plus, c'étaient assurément ses
yeux verts, d'une pureté incomparable, des
yeux qui luisaient comme deux émeraudes...

Je ne savais quelle contenance prendre.
Nous étions là, l'un en face de l'autre, muets,
en train de nous observer. Il était naturellement inutile d'essayer d'engager une quelconque conversation.

J'étudiais le visage de l'inconnu. Seule la peau présentait une similitude avec celle de l'une des races terriennes. Le nez, au lieu d'être épaté, était droit. Les lèvres, plutôt minces. Les yeux, en amande, étaient légèrement étirés vers les tempes.

Oui. Un bel homme... Si tous les siens lui ressemblaient, ce peuple devait former une race d'exception.

Je tendis les mains vers lui. Il ne broncha pas. Pas un de ses muscles ne tressaillit. J'avais de plus en plus l'impression que je n'existais pas...

Que je n'existais pas...

Corélia... Gisèle... et maintenant, lui... Non. Je devais certainement établir des suppositions gratuites.

A un moment donné, l'homme noir me quitta. Sans tambour ni trompette, comme on dit. Il en avait probablement assez de me voir planté devant lui. Il me tourna le dos, tout simplement, s'éloigna d'un pas tranquille et disparut.

Drôle de bonhomme! Drôle de comportement!

J'étais pour le moins hébété. Je pivotai sur mes talons, m'attendant à voir l'indigène derrière moi. Personne. Il était parti. J'étais de nouveau seul.

Avais-je réellement vu quelqu'un? N'avais-je pas inventé de toutes pièces cet homme jeune, à peau noire, aux cheveux blancs, aux yeux verts? N'étais-je pas victime de cette folie qui nous avait frappés bien avant que nous ne mettions le pied sur ce monde ? J'étais en tout cas bien près de le croire. Et ce n'était pas fini ! J'avais l'impression très nette d'avoir franchi les barrières du possible pour entrer dans un univers fantastique, un univers que n'aurait pas renié Charles Dogson, alias Lewis Carroll, l'auteur d'*Alice au pays des merveilles...*

*
* *

J'étais bien décidé à ne pas parler de ma rencontre à quiconque, pendant que l'on ne me croirait pas si je décrivais l'étrange personnage. Je résolus donc de me taire, revins à la base, établissant mentalement le programme de la journée.

J'étais en vacances ! Comme tout le monde ! J'étais délivré de tout souci. Je me sentais léger, superficiel. J'échappais à la banalité et il me semblait jouer à n'être pas moi-même. Au fond, je sentais bien que quelque chose dans tout cela ne tournait pas rond. Mais je m'en moquais comme de ma première chemise. Pourquoi se casser la tête à se poser des questions qui n'ont pas de réponse ?

Des éclats de voix me parvinrent dès que j'entrai dans le solcare qui servait à la fois de salle commune et de restaurant. Je crus tout d'abord à une dispute entre cosmatelots. Erreur. C'était Boris Vlajinski, le maître d'équipage qui, assis devant l'un des terminaux de l'ordinateur, jurait comme un païen.

Couplé au terminal, un échiquier électronique. Un jeu que je connaissais. Les règles étaient les mêmes que pour le jeu d'échecs ordinaire, mais là, l'adversaire était un ordinateur. Un maître à jouer, quoi !

Et le Boris jurait toujours.

— Qu'est-ce qu'il lui prend ? demandai-je au lieutenant qui, amusé, suivait la scène de près.

— Il y a que MK-5 refuse de jouer avec Vlajinski, répondit-il, secoué par son rire.

— Il refuse ? fis-je. Comment un ordinateur peut-il refuser quelque chose ?

— Regardez l'écran de lecture, me dit Ankay.

Je fis ce qu'il me demandait. A mon tour, j'éclatai de rire. Sur l'écran, deux mots étaient écrits : VOUS TRICHEZ.

— Vlajinski triche, expliqua le lieutenant. Il est allé enlever quelques mémoires à MK-5... Entre nous, c'est la seule façon de le battre ! Cependant, en agissant ainsi, on déclenche automatiquement le système de sécurité et celui-ci bloque tous les circuits... Quand un ordinateur de ce type est privé d'une infime partie de ses mémoires, il refuse tout renseignement. Cela, vous vous en doutez, est très précieux... Supposez que, pour une raison ou pour une autre, une partie des mémoires soit détruite ou simplement altérée, l'ordinateur ne risquera pas de fournir un renseignement erroné...

Dingue, je vous l'accorde. Mais nous en étions là! La folie douce continuait, nous prenait dans ses filets, nous faisait parfois agir comme des enfants.

— Venez! me dit le lieutenant, laissons Vlajinski s'engueuler avec l'ordinateur...

Nous sortîmes. Gisèle passa près de nous, nous lança un bonjour distrait et alla rejoindre Hugues Septfonds qui l'attendait près d'un arbre au tronc grêle dont les branches étaient couvertes de fleurs roses. L'industriel nous adressa un signe amical et, lorsque Gisèle l'eut rejoint, nous les vîmes partir bras dessus, bras dessous. Deux vrais amoureux!

— En voilà deux qui ne vont certainement pas s'ennuyer! dit le lieutenant en souriant.

J'approuvai d'un signe de tête. Comment s'ennuyer avec la volcanique Gisèle?

— Vous cherchez .quelque chose? me demanda tout à coup l'officier.

— Quelqu'un! répondis-je. Vous n'avez pas vu l'anarchiste de service?

— Noireaud?... Non. Je suppose qu'il est allé lui aussi faire un petit tour dans la campagne...

Cela continuait. Un mécanisme bien huilé, qui ronronne bien. Nous ne nous doutions pas que nous étions en train d'amorcer un tournant dans notre aventure. Nous acceptions encore, sans réserve, tout ce qui nous arrivait...

***

Nous allions passer à table. Un vrai repas, cette fois. La surprise du chef !... Du moment que ce n'était pas du canard duchesse...

En tout cas, cela nous changerait des aliments synthétiques. Je ne sais pas si vous avez déjà mangé ce genre de truc, mais laissez-moi vous dire que ce n'est pas particulièrement délicieux...

Notre attention fut soudain attirée par l'arrivée d'un indigène. Un indigène que je reconnus immédiatement. Sans risque de me tromper, je pouvais affirmer qu'il s'agissait de celui que j'avais vu quelques heures plus tôt.

L'agitation du camp cessa immédiatement.

L'homme venait dans notre direction. Sa démarche était élégante, fière, décidée... Il s'arrêta à une dizaine de mètres de l'endroit que nous occupions mais rien dans son allure ne trahissait quelque méfiance.

— Qu'est-ce que c'est que ça ? s'exclama Boris Vlajinski, ayant définitivement renoncé à jouer aux échecs avec un ordinateur récalcitrant.

Il y eut quelques rires.

L'arrivée de l'homme noir nous amusait plus qu'elle nous surprenait. On verrait bien la suite des événements! Pour ma part, j'espérais que Cheveux-Blancs changerait d'attitude, qu'il se livrerait davantage.

Non point. Immobile comme une statue, il nous regardait. A l'exception de Septfonds, de Noireaud et de Gisèle Bazas, tout le monde était là.

— Enfin! s'écria Bertram Wayne. Un autochtone! Qu'on l'invite!

Il se précipita vers l'indigène, l'entraîna.

— Vous mangerez bien un petit morceau avec nous?

Le Noir se laissa faire. Une nouvelle fois je remarquai son impassibilité, son indifférence pour tout ce qui l'entourait. Le vaisseau spatial dont la masse fuselée se dressait à une centaine de mètres de là aurait dû l'étonner. Eh bien! Non!

Vlajinski s'approcha de lui, lui offrit une cigarette. L'indigène, croyant que cela se mangeait, la porta aussitôt à la bouche, la mâcha sans la moindre grimace de dégoût et l'avala.

La mine stupide que prit à ce moment-là le maître d'équipage déclencha l'hilarité générale.

Nous avions cependant une compagnie tout autre que celle de l'indigène. Ce fut le lieutenant qui aperçut le premier les billes de couleur verte qui flottaient à quelques mètres du sol. Elles se déplaçaient en silence, lentement, passant au-dessus de nos têtes, tournoyant au-dessus des solcares.

Le capitaine Morland qui se trouvait près de moi me demanda :

— Vous avez une idée de ce que cela peut être ?

— Pas du tout, répondis-je. Curieux insectes, vous ne trouvez pas ? En tout cas, ces billes ne doivent pas être dangereuses, sinon l'indigène aurait déjà réagi...

— C'est justement ce que j'étais en train de me dire... Regardez ça ! Il y en a au moins une centaine !

Il avait raison. Ces choses volantes étaient nombreuses. Mais plus je les observais, plus je les jugeais inoffensives, aussi inoffensives que le Noir que l'on avait fait asseoir à la table que nous avions dressée entre deux solcares. Manger en plein air ! Un vrai plaisir !...

Peu à peu, nous nous habituâmes à la compagnie des billes et nous n'y fîmes plus attention. Corélia, qui avait abandonné le lieutenant, profita de ce que Joss Morland me quittait. Elle vint me rejoindre.

— Excusez-moi, me dit-elle. Je vous ai laissé tomber comme une vieille chaussette, mais nous rattraperons le temps perdu... Poétique, non ?

— Je l'espère bien, répliquai-je. Après le déjeuner, venez donc faire un tour...

Elle gloussa :

— Comme Hugues Septfonds et Gisèle, hein ?

Elle venait à peine de terminer sa phrase

quand nous vîmes revenir Norbert Noireaud.
Un Norbert Noireaud échevelé, sale, les vêtements déchirés. On aurait dit qu'il avait le
diable à ses trousses tellement il courait vite.

Parvenu à notre hauteur, il se mit à
hurler :

— J'ai tué Jules Verne ! Venez voir ! J'ai
tué Jules Verne !

CHAPITRE VI

De la folie, nous étions passés à la crise de délire... Du moins en ce qui concernait Norbert Noireaud. Un Norbert Noireaud qui se révélait paranoïaque en puissance, ou plus simplement, peut-être, naïf à faire pleurer !

Tuer Jules Verne !

Quelle ânerie ! Mais quelle ânerie !

Ce grand homme, écrivain de génie, était mort physiquement en 1905, le 24 mars pour être exact. Un classique. Malgré ses détracteurs, tous aussi débiles les uns que les autres, son œuvre n'avait pas sombré dans l'oubli. Bien loin de là ! Les chefs-d'œuvre sont éternels, et il est vain et sot de les remettre en question.

Noireaud trépignait, jurait par tous les diables qu'il avait tué Jules Verne. Son visage pustuleux, déformé par un rictus de jouissance malsaine, aurait pu servir de masque à quelque acteur de film d'horreur.

Tout à sa masturbation intellectuelle dont tous ceux qui lui ressemblaient étaient les rois (parce que passés experts dans l'art du « je suis le plus beau, le plus fort ») il poussait des cris aigrelets qui ponctuaient son sinistre leitmotiv.

— J'ai tué Jules Verne ! J'ai tué Jules Verne !

Complètement taré, l'animal !

Nous avions fait cercle autour de lui et nous le regardions gesticuler. Il ressemblait à un sorcier dont la danse et les incantations devaient attirer les bonnes grâces d'on ne savait quel dieu.

L'indigène aux cheveux blancs, quant à lui, ne semblait nullement s'émouvoir de la scène. Il contemplait Noireaud d'un air béat, tout en conservant cette sorte de fierté souveraine qui déroutait.

Petit Singe n'avait jamais autant mérité le surnom que je lui avais donné. Il sautillait sur place, agitait les bras, faisait des grimaces, nageant à pleines brasses dans le sublime éther du ridicule.

Un cosmatelot se frappa le front de son index replié. Pas besoin de paroles. Nous pensions tous la même chose.

Nous laissâmes Noireaud se calmer.

Lorsqu'il redevint à peu près normal, Bertram Wayne (qui était également médecin) s'approcha de lui.

Doucement, sur un ton paternel, il lui demanda :

— Qu'est-ce qui ne va pas, mon vieux ?

— Mais..., se défendit Petit Singe, tout va bien, commandant ! Tout va très bien !

Bertram Wayne sourit avec bonhomie.

— On dit ça, fit-il. Mais il fait chaud, hein ?... On n'est pas habitué à une telle chaleur... Alors ? Qu'est-ce qui ne va pas ?

Noireaud, dans une sorte de hoquet, faillit s'étrangler avec sa salive.

— Dites tout de suite que le soleil m'a tapé sur la tête !

— Oh ! Non !... Bien sûr que non ! Je pense seulement que vous avez besoin d'un peu de repos. Hum ! Sans doute avez-vous mal dormi cette nuit, hein ? N'est-ce pas ? C'est cela ?... Ah ! Je le savais bien ! J'ai mis dans le mille !... Mais ce n'est pas grave. Quelques heures de sommeil et vous serez de nouveau en pleine forme !

Petit Singe soupira, se planta devant le commandant.

— Ecoutez, dit-il, s'efforçant au calme. Si je vous dis que j'ai tué Jules Verne, c'est parce que je l'ai tué !... J'aurais pu tout aussi bien rencontrer un autre personnage ! Un personnage gênant, de préférence. Quelqu'un que j'aurais eu plaisir à tuer !

— Ah ? fit Wayne. Parce que vous avez VRAIMENT rencontré Jules Verne !

— Comme je vous vois, sinon comment l'aurais-je tué ? Hein ? Je vous le demande : comment l'aurais-je tué ?

Le commandant prit un air inspiré, parut se plonger dans de profondes réflexions.

— Vu sous cet angle, évidemment... Mais, dites-moi... Où l'avez-vous rencontré, votre Jules Verne ?

— Loin d'ici, répondit Noireaud sans se faire prier. Mais il faut que je vous raconte toute l'histoire...

Il toussota pour s'éclaircir la voix et commença :

— Ce matin, je me suis levé tôt avec l'intention d'aller explorer les environs. Ce que j'ai fait... A trois ou quatre kilomètres d'ici, il y a un village. Une trentaine de maisons faites en pierre...

Il s'interrompit, désigna l'indigène.

— J'ai vu des gens comme lui, reprit-il. Des gens tout noirs, avec des cheveux blancs et des yeux verts... J'ai bien essayé d'entrer en contact avec eux, mais rien à faire ! Ils n'ont pas desserré les dents et n'ont même pas tenté de répondre par signes aux gestes que je faisais... Je ne les dérangeais pas ! Ils se foutaient pas mal de moi, si vous voulez le savoir !... J'ai visité les lieux. Les hommes, les femmes, les enfants, tous ont le même comportement. Ils vont, ils viennent. Tout le reste leur est étranger... Au bout d'une heure, j'en ai eu marre. Je suis parti... Et c'est là que tout commence ! J'ai vu un type que je ne connaissais pas. Il est là, en chair et en os, devant moi. Il me dit qu'il s'appelle Jules Verne. Alors, je ne sais pas pourquoi, je m'énerve d'un seul coup. Ce type me dérange. Je dois le tuer !... Je saute sur lui et je cogne, à tort et à travers ! Plein la gueule qu'il en a pris, le mec ! Mais ça n'a pas été facile. Il s'est défendu ! Heureusement, j'étais plus fort que lui. Après, je suis revenu. Mais j'étais pas tranquille. Je sentais qu'il y avait quelque chose derrière moi. Quelque chose que je ne voyais pas mais qui me faisait peur. Quoi ? Sais pas. Mais il y avait quelque chose de pas clair. Je me suis mis à courir et me voilà...

Le silence après le récit.

Un récit qui nous troubla un peu, qui jeta une ombre sur l'euphorie qui régnait parmi nous. Ce que venait de nous dire Petit Singe ne nous plaisait pas. C'était le pavé dans la mare, la fausse note dans une envolée musicale...

Il y avait dans tout cela des éléments nouveaux et inquiétants.

Mais tout de même ! Jules Verne ! Ici ! Sur cette planète !... Norbert aurait pu inventer autre chose, non ? Ce qu'il avait raconté laissait indubitablement filtrer un dérangement mental. Certes, sur ce monde, tout était de nature à dérouter l'esprit, mais je n'aurais pas cru que ce fût à ce point-là.

— Bon ! fit Bertram Wayne. Nous reparlerons de tout cela un peu plus tard. En attendant, allez prendre une douche, froide de préférence, et revenez avec nous. Nous allons déjeuner...

— M. Septfonds et Mlle Bazas ne sont pas

encore rentrés, fit remarquer le capitaine Morland.

— Ils ne tarderont plus, certainement, supposa le commandant.

Norbert Noireaud s'éloigna en direction de l'astronef. L'indigène le suivit à quelques pas. On le laissa faire.

Tiens ! Pourquoi l'autochtone s'intéressait-il à Petit Singe ? Son comportement avait-il un rapport, même étroit, avec ce que nous avions entendu ?

J'eus envie d'en savoir plus.

— Je vais également prendre une douche, dis-je à l'oreille de Corélia. Gardez-moi une place auprès de vous...

Elle me sourit et acquiesça.

Je m'empressai alors de suivre mon Noireaud ainsi que l'indigène. Comme eux, je pris l'échelle de coupée, empruntai l'un des deux ascenseurs qui m'arrêta au troisième niveau, là où se trouvaient les cabines, la salle de repos, ainsi que les blocs sanitaires.

J'étais passé maître ès-filature...

Petit-Singe s'aperçut soudain que le Noir aux cheveux blancs l'avait suivi. Il réagit en conséquence.

— Qu'est-ce que tu fous là, toi ? lui lança-t-il.

L'autre demeura imperturbable. De ma cachette, je l'imaginais, planté devant Petit-Singe, et regardant fixement ce dernier.

Noireaud entra dans le bloc sanitaire. J'en

profitai pour gagner ma cabine. Je laissai la porte entrebâillée.

Nouveau monologue :

— Reste pas là ! dit Noireaud. Dégage ! Va rejoindre les autres !

— ...

— Ben alors ? Qu'est-ce que t'attends ?...

— ...

— Non, mais tu vas t'en aller ? Tu vas t'en aller, dis ?

Au son de sa voix, je devinais qu'il menaçait l'indigène, qu'il se retenait pour ne pas frapper.

Cela m'amusait de constater que cet apôtre de la violence s'énervait pour rien. Lui, le digne représentant des faiseurs de procès d'intentions, lui qui, en mâchouillant péniblement sa langue maternelle, aurait pu faire parler un camembert, se retrouvait le bec dans l'eau !

Pauvre Petit Singe ! Il volait au ras des pâquerettes !

— Fous le camp, t'as compris ?

Il avait toutes les peines du monde à se débarrasser de l'indigène qui, pour l'heure, avait décidé de se transformer en pot de colle !

Quelques jurons. Une ruée soudaine. Une bousculade. Une porte qui claque.

Noireaud avait enfin réussi à s'enfermer dans sa douche, prenant de vitesse son suiveur qui, sans cela, aurait certainement insisté pour lui tenir compagnie.

Dès que j'entendis l'eau couler, je sortis de ma cabine et me dirigeai à mon tour vers le bloc sanitaire. L'indigène était debout devant la porte de Noireaud.

Je retins difficilement mon envie de rire, passai devant le Noir qui ne bougea pas d'un pouce et allai vers la douche du fond.

A ce moment, j'eus une nouvelle preuve que la folie générale ne s'était pas dissipée. Mais avais-je encore besoin de preuves ?

Petit Singe se mit à chanter !

— *Je suis anar'*

« *Voilà ma gloir'*

« *Mon seul pinard*

« *Et mes p'tits fours,*

« *Mon chant d'amour*

« *Et de victoir'*

« *Je suis anar'*

« *Je suis anar' ! »*

Un chef-d'œuvre ! Je n'aurais pas voulu manquer cela pour rien au monde. Tout y était ! La parodie d'un cantique, l'attaque des bourgeois et la gloire à l'anarchie. Une merveille ! Le tout contenu en quelques mots très simples. De quoi faire dire aux bourgeois cette phrase désormais historique : « C'est un véritable scandale ! »

Mais, trêve de plaisanterie, comme je n'aime pas non plus les bourgeois, j'y trouvais mon compte.

Qu'avais-je imaginé à propos de l'indigène ? Le pire, peut-être ? Je m'étais sans doute figuré qu'il préparait un mauvais

coup. La façon dont il avait réagi lorsque
Petit Singe s'était éloigné m'avait mis soudain la puce à l'oreille. Constatant qu'il n'en
était rien, je sortis silencieusement de la
cabine de douche que j'occupais et je vidai
les lieux, laissant le pauvre « nanar » aux
bons soins de son ange gardien.

*
* *

Je retrouvai Corélia à qui je racontai l'épisode, ce qui la fit beaucoup rire.

Elle ne put résister au plaisir d'en
rajouter :

— Imaginez le travail, me dit-elle, quand
Noireaud aura envie d'aller aux... toilettes !

Notre infortuné compagnon fit, pendant
un moment encore, les frais de la conversation. Puis, nous parlâmes des billes vertes,
des fleurs, de ces grands oiseaux que nous
n'avions pas pu approcher.

— Tiens ! dis-je à brûle-pourpoint. Ils ne
sont pas encore rentrés ?

— Qui ça ?... Ah ! L'industriel et sa secrétaire ?... Non. Je ne les ai pas vus.

— Ben dis donc ! Quand je pense que
Gisèle me disait qu'il n'accomplissait pas de
performances...

— Comment ? demanda Corélia.

Je me rendis subitement compte de ce que
j'avais dit.

— Oh ! Rien, répondis-je. Excusez-moi, je
pensais tout haut.

Petit Singe revint quelques instants plus tard, propre comme un sou neuf, ayant troqué ses vêtements déchirés contre un pantalon et une courte tunique noire.

Derrière lui, copiant admirablement sa démarche, l'indigène avançait du même pas.

En l'apercevant, Corélia pouffa. Je l'imitai, incapable de me retenir davantage. Mais, une fois encore, l'hilarité fut générale quand le Noir aux cheveux blancs s'installa juste en face de Noireaud dans l'évidente intention de le regarder manger !

Un excellent repas. Personne n'eut de problèmes de digestion. Surtout pas Petit Singe qui n'avait pu se résoudre à manger devant celui que nous avions adopté. L'indigène était resté immobile, les coudes sur la table, la tête entre les mains, les yeux braqués sur Noireaud !

Nous avions déjeuné sans attendre le retour de Hugues et de Gisèle. Nous échangions des plaisanteries, parlions de choses futiles quand, brusquement, un cosmatelot s'écria :

— Par l'espace ! Regardez ça !

Il s'était dressé d'un bond, bousculant ses deux voisins, le regard fixé sur une chose que nous n'avions pas encore vue.

— Eh ben, Al, qu'est-ce que tu as ? lui demanda Boris Vlajinski.

— Le paysage ! souffla-t-il. Regardez le paysage !

Nous regardâmes autour de nous, cherchant ce qui pouvait bien motiver chez le cosmatelot une telle émotion.

Nous fûmes rapidement édifiés.

Sur les arbres, plus une fleur. Plus une fleur non plus dans l'herbe d'une couleur uniforme. Le paysage se transformait sous nos yeux, perdait peu à peu son aspect féerique primitif. Privé de sa majesté et de son côté fantastique, le décor devenait banal. Celui d'une planète terramorphe classée dans la catégorie « alpha », comme la nôtre.

Nous nous étions levés, muets de surprise. Quelques arbres s'effaçaient. D'autres avaient déjà disparu. Seul le soleil échappait à la transformation.

Nous n'osions pas parler. Nous avions perdu toute envie de rire. Gommée, notre folie ! Nous étions de nouveau nous-mêmes, avec nos défauts et nos qualités, avec notre logique humaine...

Impuissants, nous assistions à une mutation végétale. Nos sens avaient-ils été à ce point abusés ? Nous ne le pensions pas. Ce que nous avions découvert une première fois sur l'écran TV-3D était réel ! L'œil de la caméra ne peut se tromper. C'était donc là une transformation véritable ! Il ne s'agissait pas d'un leurre. Naturellement, nous reconnaissions l'endroit où nous nous étions installés mais les modifications que subissait le paysage semblaient le changer dans sa totalité.

Cela s'effectuait dans un complet silence et avec un enchaînement que je qualifiai alors de diabolique. Sur le visage de mes compagnons, je lisais ce qu'ils pouvaient également lire sur le mien : la peur !

Car nous avions peur ! Tout sentiment de confiance était banni. Nous sentions le danger proche, la menace à peine voilée, tout en prenant conscience de notre situation. A notre peur du moment s'ajoutait une peur rétrospective. Nous avions vécu dans l'insouciance alors que nos ennemis étaient là, près de nous !

Quels ennemis ?

Nous nous demandions sous quelle forme ils allaient nous apparaître. A quoi ressemblaient-ils ?

Pour l'heure, ils étaient parfaitement invisibles, mais nous les sentions très proches de nous. Je me remémorai les paroles de Noireaud, celles qu'il avait prononcées juste à la fin de son récit. Lui aussi avait eu peur de quelque chose, et il s'était mis à courir. Son subconscient l'avait averti d'un danger. Un danger qui maintenant se trouvait autour de nous, sous une forme dont nous n'avions aucune idée.

Nous étions médusés.

Nous ne songions pas à fuir... Pour aller où ?

Le commandant Wayne fut le premier à

réagir. Il était redevenu l'homme insaisissable dont j'avais fait la connaissance en mon-
tant à bord du *Verseau*.

— Capitaine Morland ! Rendez-vous à
bord du bâtiment. Etablissez immédiatement un champ de force autour de la base !

CHAPITRE VII

Et puis, tout cessa...

Après les changements dont nous avions été les témoins, après avoir senti autour de nous une extraordinaire présence, nous reprîmes conscience. Il nous semblait avoir vécu un rêve étrange, et notre réveil était des plus désagréables. Un réveil qui nous laissait une impression de malaise. Il était temps pour nous de replacer tous les éléments dans leur contexte originel.

Le commandant Wayne distribuait des ordres. Il convenait d'assurer l'entière sécurité de la base. Lorsque le champ de force fut installé, on nous désigna les limites qu'il était interdit de dépasser. Dirigés par le lieutenant Ankay, les androïdes furent placés en sentinelles autour de la base. Nous étions revenus dans le monde réel et avions recouvré notre libre arbitre.

Nous nous regardâmes, Corélia et moi. Nous nous rappelions un passé très proche, un passé qui nous gênait un peu... Non pas à cause de ce qu'il y avait eu entre nous, mais à cause de la façon dont cela était arrivé.

— Excusez-moi pour ma conduite, monsieur Devermont. Vraiment, je ne sais pas ce qui m'a pris...

Je ne la laissai pas terminer.

— Ecoutez, Corélia, répliquai-je. Ne jouons pas les hypocrites. Je ne sais si je vous ai plu mais je peux vous dire que je ne regrette absolument pas. Je vous trouve très belle, et vous êtes une amante merveilleuse. Pourquoi devrions-nous maintenant reprendre nos distances alors que nous avons été si proches l'un de l'autre ? Faisons comme si nous nous connaissions depuis fort longtemps, comme si nous étions amis de longue date... Vous continuerez à m'appeler Gabriel, et moi à vous appeler Corélia... Si vous le désirez, naturellement.

Je lui avais dit cela d'un trait, presque sans respirer. C'était le moment ou jamais de dissiper entre nous toute sorte de malentendu, toute mauvaise interprétation, toute gêne, afin de favoriser nos futurs rapports. Je m'étais libéré d'un poids, et je vis que j'avais du même coup libéré Corélia. Un peu de rose colora ses joues et son visage se détendit.

— Je vous remercie, Gabriel... Vous avez résumé ce que je pense... Ce que, peut-être, je n'aurais pas osé vous dire. Soyons donc amis.

Elle me tendit la main, mais sans doute

trouva-t-elle le geste ridicule car elle m'embrassa sur la joue.

Cela faisait un peu roman-photo, histoire à l'eau de rose, mais nous étions sincères l'un et l'autre. Entre nous, il y avait plus que la simple amitié...

Noireaud, qui s'était approché, ricana.

— Vous, au moins, vous ne vous emmerdez pas !

— Ne soyez pas stupide, répondis-je. Ce n'est pas ce que vous croyez... Nous sommes aussi inquiets que vous pouvez l'être. Notre situation n'a rien de très enviable !

— Si nous comprenions, au moins ! dit Corélia. Mais non ! Tout se passe en dehors de nous et nous subissons. Nous ne savons même pas à qui ou à quoi nous avons affaire !... S'il existe sur cette planète un peuple techniquement très évolué et assez puissant pour obliger un vaisseau spatial à changer de cap, je doute qu'il s'agisse de celui dont nous avons ici l'un des représentants...

— Très juste, approuva Noireaud. Je les ai vus, ceux-là. Dans leur village ! Ils ne possèdent rien, ou presque rien. Ils ne sont pas responsables...

— Ils ont en tout cas un comportement curieux, vous ne trouvez pas ? A aucun moment je n'ai eu l'impression que l'indigène était intrigué... Pourtant, ce ne sont pas les sujets qui manquent ! L'astronef, la couleur de notre peau, nos vêtements, notre

langage, etc, sont autant de choses au sujet
desquelles on peut se poser des questions,
non ?... Au contraire, l'indigène n'a pas réagi.
Il a accepté tout naturellement notre présence, ne manifestant ni peur ni étonnement.
On aurait dit qu'il s'attendait à nous voir !
C'est pourquoi je me permets de soulever
une autre hypothèse. Les indigènes ne
seraient-ils pas responsables de notre condition actuelle ?

— Vous croyez ça ? fit Noireaud. Vous
croyez que ces sous-développés ont attiré le
vaisseau ?... Comment ont-ils fait, à votre
avis ?

— Cessez de raisonner en Terrien, répliquai-je. D'abord, je ne prends pas les indigènes pour des sous-développés. Tout dépend
effectivement de l'idée que l'on se fait du
développement ! Ce n'est tout de même pas à
vous que je vais faire remarquer les âneries
qui jalonnent notre histoire !... Revenons-en
à votre question. Au fil des siècles, des
savants ou des hommes de génie ont inventé
ou découvert des moteurs d'évolution. Grâce
à ces découvertes, nous avons progressé dans
une certaine voie... Supposez un in ant que
personne n'ait jamais découvert l'électricité
et imaginez les répercussions dans notre
civilisation...

— Où voulez-vous en venir ?

— A ceci : les indigènes ont pu faire d'autres découvertes, se servir de forces différentes. Ils n'ont peut-être pas besoin d'appareils

compliqués pour parvenir à leurs fins !... Que
savons-nous de cette planète ? Des lois qui la
régissent ? Rien ! Ce n'est pas parce que nous
nous trouvons sur un monde terramorphe ou
philohumain, comme disent certains, que
nous devons nous croire sur Terre !... Vous
avez vu un village, d'accord. Mais que savez-
vous de la civilisation indigène ? La forme de
leur technique échappe peut-être à notre
entendement...

— Cela se conçoit, dit Corélia. Mais je
pense que nous devrons chercher ailleurs...
Pourquoi voulez-vous qu'il n'y ait qu'un seul
peuple à la surface de ce globe ? Tenez,
regardez cet... Mais, au fait ! Où est-il passé,
celui-là ?

L'indigène avait disparu. Nous en eûmes
confirmation un peu plus tard. Des cosmatelots dirent qu'ils l'avaient vu s'éloigner
avant que Bertram Wayne ne donnât l'ordre
au capitaine Morland d'installer le champ de
force.

Le Noir aux cheveux blancs, fidèle à ses
principes, nous avait faussé compagnie et,
sans vouloir nous l'avouer franchement,
nous commencions à regretter de l'avoir
traité en ami. Mais le moyen de faire autrement ? Nous n'étions pas nous-mêmes !

Finalement, cette euphorie n'avait-elle pas
été voulue ? Dans quel but ? Qu'attendait-on
de nous ? Pourquoi ne prenait-on pas contact
avec nous ?

Nous ne savions que penser. Nos supposi-

tions n'aboutissaient qu'à d'autres suppositions. Nous tournions en rond, et cela nous
rendait nerveux.

Une force nous avait attirés sur cette planète. Pourquoi ?

Qu'étions-nous par rapport à nos ennemis ? Dans quel piège étions-nous tombés ?

Inutile de chercher les réponses à toutes
ces questions. Tout ce que nous aurions pu
imaginer à ce moment-là n'aurait servi à
rien. A rien ! Car nous étions incapables de
soupçonner la vérité. La réalité n'entrait pas
dans le cadre des hypothèses vraisembla-
bles...

Nous avions également remarqué l'ab-
sence des billes vertes. Plus une ne flottait
autour de nous. Elles s'étaient évanouies
sans que l'on y prît garde.

Nous ignorions beaucoup de choses, néanmoins il nous était permis de trouver des
indices, d'effectuer des rapprochements en
vue de déterminer un dénominateur commun. La disparition de l'indigène et celle des
billes vertes correspondaient à la transformation du paysage à notre « réveil ». Tout
était lié, assurément, et c'était bien ce qui me
faisait dire que le peuple indigène n'était
certainement pas étranger à la situation
dans laquelle nous étions plongés.

Nous avions cependant un autre motif
d'inquiétude. Un motif de taille qui, pour
l'heure, figurait à la première place : Hugues
Septfonds et Gisèle Bazas n'étaient pas ren-

trés. Nous nous faisions un sang d'encre. Quelques cosmatelots qui, avec les androïdes, montaient une garde vigilante, avaient reçu des consignes pour neutraliser le champ de force dès que le couple serait de retour.

Ce retour, nous l'espérions avec chaleur. Nous avions besoin d'être rassurés sur le compte de l'industriel et sur celui de sa secrétaire, et nous pensions aussi qu'ils seraient en mesure de nous donner d'autres indices.

Je demandai à Noireaud :

— Essayez de vous souvenir de tout ce que vous avez vu ou entendu. Faites un effort de mémoire.

— Qu'est-ce que vous voulez que je vous raconte de plus que ce que j'ai dit à Wayne ? Il n'y a rien à ajouter. Absolument rien. J'ai vu un village, des Noirs aux cheveux blancs et aux yeux verts, c'est tout.

— Mais quand vous avez rencontré ce personnage qui, selon vous, est Jules Verne, vous n'avez rien remarqué de particulier ?

— Ce n'est pas SELON MOI, riposta-t-il. C'ETAIT Jules Verne ! Il était blanc de peau, comme vous et moi !

A cette minute, je révisai mon hypothèse.

— Il faut donc admettre qu'il existe un peuple de race blanche, dis-je, songeur. Une race qui domine l'autre. Ce ne serait pas la première fois... Qu'en pensez-vous ?

Noireaud haussa les épaules. Je me rendais compte que je l'agaçais ave mes questions. Il fit cependant l'effort de rester calme.

— Rien, me répondit-il. Je constate, un point, c'est tout. Vous ne voudriez tout de même pas tirer déjà des conclusions ?

— Telle n'est pas mon intention, dis-je. D'ailleurs, je ne tire jamais de conclusions. A mon sens, rien n'est jamais conclu... Mais nous philosopherons à un autre moment. Pour l'instant, j'aimerais seulement y voir un peu plus clair.

— Ouais ! Ben vous n'êtes pas le seul !

Je réfléchis quelques secondes, demandai encore :

— Dites, Jules Verne... Vous l'aimez ?

— Pas du tout ! J'ai horreur de sa littérature à laquelle, d'ailleurs, je n'ai jamais rien compris !

— Il m'importe peu de savoir pourquoi vous ne l'aimez pas. Ce qui compte, c'est que vous ne l'aimez pas !... Vous avez dit au commandant que vous auriez pu rencontrer un autre personnage, n'est-ce pas ? Un personnage que vous auriez aimé tuer ?

Noireaud tiqua :

— J'ai dit ça ?

— Vous l'avez dit. Mais, rassurez-vous, je ne veux porter sur vous aucun jugement. Qui n'a jamais eu l'intention, dans un mouvement de colère, d'étrangler un... ennemi, un personnage antipathique ?... Je suppose simplement que vous n'avez pas REELLEMENT rencontré Jules Verne mais que vous avez été

victime d'un fantasme, chose qui me paraît
naturelle eu égard au contexte dans lequel
vous vous placiez alors... Vous devez bien
vous-même reconnaître l'invraisemblance
d'une telle rencontre ! Le personnage est
mort il y a deux siècles !

— Je ne l'ignore pas, figurez-vous. Pourtant...

— A présent, vous doutez, dis-je. Parce
que vous êtes de nouveau dans votre état
normal ! Vous savez bien que vous ne pou-
viez pas rencontrer ce personnage ! Vous
avez vu un homme qui a déclaré se nommer
Jules Verne, et vous étiez si bien conditionné
que vous en avez aussitôt accepté l'idée.
Peut-être n'avez-vous rencontré personne !

Noireaud crispa les poings. Il me lança
un regard dépourvu d'aménité. Si ses
yeux avaient été des pistolets désintégrateurs...

— Dites que je suis cinglé, Devermont !
Dites-le ! C'est ce que vous pensez !

— Vous êtes grossier, l'ami. Je ne nie pas
qu'il vous soit arrivé quelque bizarre mésa-
venture. Ce que je veux, c'est éliminer ce qui
n'est pas plausible, vous saisissez ? Vous êtes
revenu dans un tel état que l'on ne peut
douter du fond de vérité qui se cache sous
des apparences pour le moins saugrenues !...
Je pense à cette force dont vous avez fait
mention, à ce quelque chose qui brusquement vous a fait fuir sans que vous soyez

capable de savoir de quoi il s'agissait. Je
pense que c'est cela le nœud de l'intrigue ! Et
lorsque je vous demandais de fouiller vos
souvenirs, j'espérais que vous apporteriez
une indication...

— Alors, vous avez perdu votre temps,
Devermont. Je vous l'ai dit : je n'ai rien à
ajouter... Il se peut que vous ayez raison en
ce qui concerne le personnage. Il n'empêche
que je me suis battu avec lui et que je l'ai
tué !

— Et vous sauriez retrouver l'endroit où
vous vous êtes battus ?

— Naturellement ! Nous... Encore que, si
le paysage s'est transformé...

— Vous me donnez une idée, Noireaud !
Le paysage s'est transformé ! Point, à la
ligne ! Qui nous dit que le village que vous
avez vu n'a pas subi, lui aussi, une mutation ?

Noireaud soupira.

— Ecoutez, Devermont, vous m'emmerdez avec vos suppositions. Foutez-moi la
paix ! Réfléchissez dans votre coin et...

— Gardez votre langage et vos morceaux
choisis pour ceux qui vous ressemblent, dis-
je. Je vous demande, moi, de faire un
effort !... Vous ne pouvez pas m'encadrer,
soit ! C'est un fait. La réciproque est vraie !
Mais nous ne pouvons nous résoudre à
demeurer les bras croisés. Nos idées valent
ce qu'elles valent ; elles nous appartiennent.
Il ne s'agit pas ici de les confronter mais de

tenter de résoudre un problème qui nous concerne tous !

— Ouais ! Tous, c'est-à-dire des militaires et des bourgeois !

— Ah ! Non ! Pas de ça ! Pas la chansonnette habituelle, hein ? On la connaît par cœur, celle-là ! Trouve autre chose !

Je l'avais tutoyé. Tant pis !

Il fit de même.

— J'ai pas envie de discuter, Devermont. Fous-toi ça dans la cervelle ! Je me moque de tout ce qui peut arriver, tu comprends ?

Il s'en alla.

Notre conversation se termina là. Pendant tout le temps que nous avions parlé, Corélia n'avait fait que nous écouter, essayant de tirer une synthèse. Nous étions extrêmement troublés.

— Nous ne sommes pas là par hasard, me dit Corélia, mais par la volonté d'êtres pensants. Nous n'avons plus besoin de preuves pour en être convaincus !... Qui sont ces êtres, et que nous veulent-ils ? Ce sont là les deux questions essentielles.

— Oui, opinai-je, sans aucun doute. Mais au lieu de subir comme nous le faisons depuis que nous sommes arrivés, pourquoi ne pas agir ?... Contre qui, contre quoi ? Me demanderez-vous ? Je l'ignore. Mais l'important c'est de faire quelque chose ! Cherchons les responsables ! Cherchons Hugues Septfonds et Gisèle Bazas !... De toute façon, nous sommes à la merci de nos ennemis. En agissant, nous provoquerons peut-être une réaction.

— Je ne sais si vous avez raison, Gabriel, mais je me range à votre avis. Je préfère également l'action... Rendez-vous compte de la puissance de ces gens ! Ils nous ont neutralisés sans que nous nous en apercevions. S'ils le voulaient, ils pourraient soumettre tout l'Empire Confédéral. Et sans répandre la moindre goutte de sang !

— Là n'est probablement pas leur intention, dis-je, sinon nous serions déjà sous leur coupe... A moins qu'ils n'ignorent la façon de se déplacer dans l'espace ? Ce serait une raison valable pour retenir un vaisseau spatial...

Nous n'étions pas les seuls à nous poser des questions et à réfléchir. Officiers et cosmatelots en faisaient autant. A un moment donné, nous vîmes venir vers nous le commandant Wayne qui nous fit part de son intention de réunir à la fois l'équipage et les passagers.

— M. Septfdons et sa secrétaire nous posent un problème majeur, dit-il. Notre situation étant exceptionnelle, je ne me sens pas le droit de décider seul de ce qu'il convient de faire. J'ai besoin de tous les avis... Ce soir, s'il n'y a rien de changé, nous aviserons. Je compte sur vous !

J'étais assez satisfait de cette initiative car elle signifiait que Bertram Wayne était décidé à tenter quelque action. Le contraire m'eût d'ailleurs étonné chez un homme de sa trempe.

Le soir, après avoir avalé nos pilules nutritives, nous nous retrouvâmes dans le solcare commun...

CHAPITRE VIII

Ensemble, nous avions fait une analyse de notre situation, chacun apportant sa pierre. Norbert Noireaud, qui m'avait proprement envoyé sur les roses quelques heures plus tôt, avait changé d'optique en fournissant des éléments de réflexion. Nous nous serrions les coudes. Nous devions être solidaires.

— Faire face ! dit Bertram Wayne lorsqu'il eut résumé tout ce que nous'avions dit. Nous sommes tous d'accord là-dessus. Nous allons donc retourner au point de départ, repartir à zéro. Deux voies s'offrent à nous. Il faut, dans un premier temps, retrouver M. Septfonds et sa secrétaire et, dans un second temps, refaire ce que nous avons déjà fait dans de mauvaises conditions : la vérification de tous les organes et de tous les appareils du bâtiment. Cette vérification sera effectuée à partir des éléments donnés par la check-list intégrale, c'est-à-dire que toutes les réponses fournies par MK-5 seront systématiquement contrôlées. Par ailleurs, nous procéderons à

une série d'analyses poussées visant à mettre
en évidence la force qui neutralise nos systèmes antigrav. Le capitaine Morland et moi-
même avons fait partie de deux missions
d'exploration sur des planètes que l'on
venait seulement de découvrir. Nous ferons
ensemble tous les tests qui s'imposent dans
une mission de ce genre !... Et, bien entendu,
nous assurerons la sécurité de la base... En ce
qui concerne les recherches, il n'est pas
question d'utiliser les cosmobils. Ceux-ci,
nous l'avons vérifié, subissent également
l'action de la force qui nous maintient au sol.
L'équipe qui partira sera donc livrée à elle-
même. Nous demeurerons simplement en
contact radio. La liaison sera permanente, et
cela dans le but de nous prévenir mutuelle-
ment de tout événement susceptible de
modifier notre action...

Noireaud intervint :

— Selon vous, commandant, quelles sont
les chances de retrouver les disparus ?... Je
vous pose cette question parce qu'il me
semble que nous allons chercher une aiguille
dans une botte de foin ! Nous ignorons quelle
direction Septfonds a prise...

— Un instant, dis-je. Moi, je sais. Je l'ai vu
partir !

— Bon ! Admettons !... Rien ne prouve
qu'il a conservé cette direction

— D'accord, dit Bertram Wayne. Les
chances sont faibles... Nos amis ont pu se
perdre lorsque le paysage a changé. Mais, si

vous aviez été à la place de M. Septfonds, qu'auriez-vous fait ?... Vous seriez allé jusqu'au premier village, ou vous auriez recherché une hauteur pour essayer de découvrir l'astronef, ou vous auriez attendu une journée pour vous repérer au soleil, ou vous auriez fait un feu dégageant beaucoup de fumée pour attirer l'attention ?... Et il existe d'autres possibilités !

— Qui sont peut-être moins rassurantes, compléta Noireaud.

— Je vous l'accorde. Mais ne perdons pas de vue que notre présence sur ce monde n'est pas gratuite. Nous avons des ennemis, ou tout au moins des adversaires qui nous retiennent contre notre gré ! On nous a fait atterrir dans un endroit choisi ! Un endroit qui n'est peut-être pas éloigné de celui à partir duquel on agit ! Il faut que nos ennemis croient que nous sommes décidés à tout tenter. Cela les obligera certainement à se manifester d'une façon ou d'une autre !

Noireaud se tut. Comme chacun de nous, il était prêt à participer à l'entreprise. Les cosmatelots approuvèrent les propositions du commandant sans la moindre restriction, mesurant l'importance de l'action.

— Bien ! fit Wayne. Nous allons maintenant procéder à la désignation des membres qui composeront chaque équipe... En ce qui concerne le commandement, la chose est simple. Le lieutenant Ankay et le maître d'équipage Vlajinski dirigeront les recher-

ches. Le capitaine et moi resterons ici pour
les raisons que vous connaissez...

Corélia fut la première à se lever pour
demander à faire partie de l'équipe du lieutenant Ankay. Le commandant, qui ne s'attendait nullement à cela, fronça les sourcils,
parut embarrassé.

— Il n'était pas prévu que les civils fassent
partie de l'équipe de recherche, mademoi-
selle Riscle, sauf M. Noireaud...

— Nous sommes tous concernés, n'est-ce
pas ? Chacun de nous doit donc s'employer
en fonction de ses possibilités. Or, je suis
biologiste, commandant. Ma présence dans
l'équipe de recherche se justifie. Je remplirai
le rôle de médecin, éventuellement... Ici, je
ne vois vraiment pas en quoi je pourrais vous
aider !

Bertram Wayne dut admettre le bien-
fondé des paroles de Corélia. Il prit un temps
de réflexion et finit par acquiescer à la
demande.

— Entendu, dit-il. Vous en serez aussi,
n'est-ce pas, monsieur Noireaud ?... Vous
avez effectué une petite reconnaissance qui
pourrait nous être bien utile...

— Bah ! Partir ou rester là, pour moi c'est
pareil. De toute façon, je serai toujours sous
les ordres de quelqu'un !

Comme Corélia, je fus volontaire. Je pré-
tendis également que je n'aurais aucune
utilité à la base. Mais j'avais d'autres raisons
que je n'avouai pas. J'étais impatient de

retrouver Septfonds et sa secrétaire, je préférais l'action plutôt que tourner comme un fauve en cage, et puis je voulais être auprès de Corélia !

Le sort désigna les cosmatelots qui nous accompagneraient. Ce furent Tom Agill, une véritable armoire à glace, Henry Cros, Jim Hikieu, Mile Denver, Al Ygon et Moriss Lhama, tous des hommes décidés. Quatre androïdes se joindraient à nous, portant ainsi à quinze les membres de notre groupe. Ceux-ci se chargeraient de transporter les boîtes d'aliments synthétiques, la pharmacie, et le matériel.

Les forces étaient également réparties puisque resteraient à la base deux officiers, six cosmatelots et six androïdes.

Personne ne discuta la composition des équipes. Il fut convenu que nous partirions le lendemain matin, dès le lever du soleil bleu, notre premier objectif étant le village jusqu'où Noireaud était allé, et dans lequel Hugues Septfonds et Gisèle Bazas pouvaient être retenus prisonniers.

Nous sortîmes du solcare pour rejoindre nos chambres respectives. Dans le ciel clair scintillaient des milliers d'étoiles. Je fis quelques pas avec Corélia que je trouvais plus belle que jamais. J'eus envie, à ce moment-là, de lui dire ce que j'éprouvais, mais je restai silencieux. L'instant était mal choisi. Une autre fois...

CHAPITRE IX

Nous marchions depuis plus d'une heure sous un soleil qui ne nous épargnait pas. Noireaud, qui tenait compagnie au lieutenant Ankay en tête du groupe, venait seulement de découvrir quelques points de repère qui balisaient le « chemin » qui conduisait au village. Jusque-là, nous avions avancé à l'aveuglette, dans un paysage qui aurait pu être l'un de ceux de la Terre avant que les campagnes ne soient envahies par le sinistre béton. Avec des différences, toutefois. Il poussait une herbe haute, desséchée, jaunie, et des plantes aux longues tiges terminées par des boules hérissées de piquants.

Un peu plus loin, je remarquai que les arbres avaient revêtu une couleur grise, que leurs feuilles étaient rares. A croire que d'un kilomètre à l'autre l'on passait, presque sans transition, de la campagne normande à la savane.

Le village était en vue. Nous avions la ferme intention de fouiller toutes les maisons, histoire de nous assurer que l'une d'elles ne cachait ni Hugues Septfonds ni Gisèle Bazas. Et nous n'allions certainement pas demander l'avis des autochtones !

Nous étions cependant intrigués. Aux abords des maisons aux murs de pierres et au toit d'herbe sèche, nous n'apercevions aucune âme. Il régnait un silence que nous trouvions anormal.

Le lieutenant nous recommanda la prudence. Nous étions tous armés de pistolets hybrides de type « Mogar 23 », armes à trois fonctions capables de paralyser, de brûler, ou de désintégrer. Des joujoux à ne pas mettre dans toutes les mains. C'était la première fois qu'il m'était donné de manipuler une telle arme et j'espérais bien n'avoir pas à m'en servir.

Doucement, nous nous approchâmes du village. Nous n'en étions plus qu'à une centaine de mètres et notre impression première semblait se confirmer. Les habitations, pour une raison quelconque, avaient été désertées.

Boris Vlajinski, méfiant de nature, crut qu'il s'agissait d'un piège et que le comité d'accueil n'était pas loin. Il fit part de ses craintes au lieutenant qui décida d'envoyer deux volontaires pour reconnaître les lieux. Al Ygon et Henry Cros se présentèrent. Ils reçurent l'ordre de faire demi-tour à la moindre alerte.

Silence...

— Vérifiez si vos armes sont bien réglées

sur la première intensité, dit le lieutenant à voix basse. Si nous devons nous défendre, nous nous contenterons d'user des paralysants...

Les cosmatelots volontaires, en rampant, atteignirent les premières maisons. Un rendez-vous avec l'horreur !

— Nom de Dieu ! jura Cros. Venez voir ça !

Les habitants du village avaient été massacrés ! Tous, sans exception. Corélia, qui avait pourtant les nerfs solides, poussa un cri d'effroi et se tourna vers moi, poings crispés. Je la pris par les épaules, la serrai contre moi, faisant des efforts pour supporter la nausée que me donnait la vue de ce carnage.

Je me détournai, entraînant Corélia à l'écart.

Tom Agill, Vlajinski et le lieutenant firent leur inspection. Ils entrèrent dans toutes les maisons, enjambant les cadavres...

On s'était battu là, sauvagement. Crânes éclatés, visages défigurés, gorges ouvertes, poitrines transpercées, femmes éventrées... Du sang partout. Beaucoup de sang ! Tous ces corps mutilés gisaient auprès des armes avec lesquelles on s'était défendu. Courtes épées, poignards, javelots, boucliers...

Atroce ! Immonde !

Pas un seul survivant ! Ceux qui étaient passés là n'avaient épargné personne, pas même les vieillards et les enfants. Ils avaient dû surgir par surprise, ne laissant aucune chance aux habitants du village.

Cela s'était passé au cours de la nuit.

Nos ennemis !

Les bouchers étaient nos ennemis !

— Ils ne sont pas là, annonça le lieutenant Ankay en essuyant la sueur qui coulait sur son visage. Ni vivants, ni morts !

Ce qui était arrivé aux indigènes n'était pas fait pour nous rassurer.

— Où peuvent-ils être passés ? demandai-je. Pourquoi se sont-ils éloignés de la base ?... Ah ! C'est con ! C'est con !

L'officier ne répondit pas. Il se retourna, considéra un instant les corps étendus et soupira.

Je savais à quoi il pensait. Néanmoins, il déclara :

— Nous allons continuer nos recherches mais, auparavant, je vais faire mon rapport...

Boris Vlajinski vint vers nous, la mine défaite.

— Qu'est-ce qu'on fait de ces malheureux, mon lieutenant ?

— Nous appliquerons la loi de l'espace, Vlajinski, à cette différence près que nous ne disposons pas ici de chambre de désintégration...

Le maître d'équipage hocha la tête, eut une mimique d'approbation, s'éloigna et appela les cosmatelots. Une tâche pénible à accomplir : celle de désintégrer les cadavres afin de les soustraire à l'appétit des charo-

gnards de tout acabit, ou simplement à
l'œuvre de la mort...

— C'est affreux ! répétait Corélia. Un tel
massacre ! Quelle horreur !

Je ne trouvai rien à dire.

Ce carnage passait à mes yeux pour un
avertissement. Quelque chose me disait que
nos ennemis étaient déjà au courant de nos
intentions. Pourtant, j'étais prêt à les rencontrer, à me battre. Ils disposaient d'une force
puissante, certes, mais nous avions des
armes dont le pouvoir de destruction n'était
plus à démontrer. Leurs épées, leurs javelots
ne seraient que de vains hochets.

Je me sentais animé de la volonté de tuer.
J'avais les nerfs à fleur de peau. Songer que
Hugues Septfonds et Gisèle Bazas avaient
peut-être subi le sort de ces malheureux
indigènes était une idée que je ne supportais
pas, que je n'acceptais pas !

Ayant pris contact par radio avec la base et
ayant fait son rapport, le lieutenant revint
vers nous.

— On continue ! déclara-t-il sur un ton qui
se voulait dégagé. Le commandant veut
cependant que nous retournions à la base si
nos recherches se révélaient dangereuses...
Là-bas, rien de changé.

Il fit quelques pas. Comme nous, il était
encore secoué par le tableau de mort que

nous avions découvert. Il transpirait à grosses gouttes. La sueur se mêlait à sa courte barbe blonde.

Plusieurs fois, il se passa les mains sur le visage comme s'il voulait chasser de sa mémoire le souvenir de la scène sanglante. Il devait nous avouer plus tard qu'il ne s'était jamais senti aussi seul de sa vie.

Norbert Noireaud vint nous rejoindre.

— Il y a des traces un peu plus loin, déclara-t-il. Sûrement celles qu'ont laissées les tueurs... A l'endroit où l'herbe ne pousse pas, on voit nettement des empreintes de pieds nus. Les traces font supposer que ces salauds sont partis de ce côté...

Il tendit le bras dans la direction que nous avions suivie pour arriver au village.

Nous nous rendîmes sur les lieux.

Les traces étaient effectivement très nettes et nous donnaient une idée assez précise du chemin pris par nos ennemis. J'écris « nos ennemis » parce que nous étions déjà persuadés que ceux qui nous avaient attirés sur cette planète étaient les auteurs du massacre.

A quelques dizaines de mètres de là, l'herbe reprenait ses droits. Elle avait été foulée, piétinée. Les tueurs étaient venus nombreux pour surprendre les indigènes dans leur sommeil...

— Nous allons suivre ces traces, décida l'officier. Si l'on suppose que ceux qui les ont laissées ont marché en ligne droite, elles devraient nous conduire à ces espèces de collines que nous apercevons...

Des collines basses, empâtées, aux longues courbes modelaient l'horizon. Le lieutenant estima qu'elles se trouvaient à sept ou huit kilomètres, guère plus.

— J'ai besoin de vous, monsieur Devermont. Savez-vous dessiner ?

— Je me défends..., répondis-je sans comprendre ce que l'officier attendait de moi.

— Voici de quoi écrire, dit-il en me tendant crayon et papier. Vous allez tracer une carte de l'endroit où nous nous trouvons. Notez soigneusement les points de repère. Il en faut trois au minimum... Vous indiquerez également les distances approximatives entre eux, et vous donnerez à votre carte une orientation... Tenez ! Voici la boussole. Je vous la confie...

Je fis exactement ce qu'il me demandait. La boussole, cousine de nos boussoles terrestres traditionnelles, n'indiquait pas le Nord magnétique mais le point précis où se trouvait l'astronef, un lieu que l'on appelait « point Zéro ». Au Sud correspondait la dénomination « 180 ». L'Est et l'Ouest étaient respectivement remplacés par les nombres 90 et 270.

Tandis que je m'efforçais de dresser aussi précisément que possible la carte de la région, le lieutenant Ankay étudiait notre prochain parcours à la jumelle.

— Les billes vertes ! s'écria tout à coup Corélia.

Elle venait de les apercevoir. Elles tournoyaient à distance respectable, comme des insectes. Curieusement, leur présence accentuait notre malaise. Elles représentaient pour nous l'inconnu et ne nous inspiraient que la méfiance.

Dangereuses ou inoffensives ? Qu'étaient-elles réellement ?

Elles continuèrent de tournoyer avec cette légèreté qui leur était propre, puis elles disparurent.

Le soleil tapait dur. Ayant appelé un androïde, le lieutenant fit circuler des flacons d'eau « S ». Une eau à laquelle on avait ajouté quelques substances chimiques qui nous aideraient à mieux supporter les effets de la chaleur.

— Deux gorgées, pas plus, conseilla le lieutenant. Sinon, gare à votre estomac !

Lorsque Boris Vlajinski et les cosmatelots, ayant achevé leur pénible besogne, se furent à leur tour désaltérés, nous quittâmes les abords du village pour nous diriger vers ces mamelons aplanis qui formaient l'horizon.

Nous parlions à peine, chacun de nous s'interrogeant quant aux possibilités de survie. On échafaudait au sujet des disparus des hypothèses sans nombre et l'on se demandait, non sans effroi, si on allait revoir un jour la Terre... Car, tout bien considéré, notre sort était à peine plus enviable que celui de Hugues Septfonds ou de Gisèle Bazas.

Nous n'étions pas près d'oublier le cauchemar. Après avoir vécu des instants de douce béatitude et de folie, nous connaissions la peur. Nous ne parvenions pas à croire que nous avions été en quelque sorte manipulés, que l'on avait fait de nous, momentanément, des êtres sans conscience. Nous devions nous tenir sur nos gardes. Ce qui s'était produit une fois pouvait très bien se renouveler. Nos ennemis avaient certainement la possibilité de nous ôter à tout instant notre libre arbitre...

Dingue, cette planète ! Complètement dingue !

Au fur et à mesure que nous avancions, les traces s'estompaient. L'herbe, en se raréfiant, cédait la place à un sol dur et caillouteux. Je trouvais anormal qu'il y eût autant de différences dans la végétation sur une surface aussi réduite, d'autant plus que je n'avais pas remarqué la moindre variation climatique.

Décidément, ce monde était bien étrange. Nous nous y sentions de moins en moins à l'aise. Mis à part quelques insectes, nous n'avions pas rencontré d'animaux. Nous commencions à croire qu'ils avaient fui à notre approche, laissant derrière eux cet épais silence...

La voix du capitaine Morland résonna soudain dans le haut-parleur du poste de radio, appareil léger que le lieutenant Ankay portait en bandoulière.

— Point Zéro à Point Mobile : avez-vous un résultat ? Donnez votre position approximative...

— Aucun résultat pour l'instant, Point Zéro. Nous avons quitté le village et nous nous déplaçons vers une zone de petites collines. Nous pensons que les auteurs du massacre se sont réfugiés là-bas...

— Bien reçu, Point Mobile. Continuez mais soyez prudent... A quelle distance du vaisseau vous estimez-vous ?

— Compte tenu des détours que nous avons effectués, nous avons parcouru une bonne dizaine de kilomètres, mais à vol d'oiseau nous devons nous trouver à huit kilomètres du vaisseau. Il nous en reste à peu près autant à parcourir avant d'atteindre les collines.

— Compris. Quel est l'indice directionnel ?

Le lieutenant me demanda de lui donner la boussole. Il la prit, la consulta et répondit :

— Deux cent vingt et un...

— Reçu, Point Mobile. Terminé.

La zone que nous traversions était couverte de buissons épineux qui alternaient avec les espaces où poussait l'herbe jaune. Par places, des arbres géants à l'écorce craquelée étiraient leurs branches décharnées. Vus de loin, on aurait pu croire que c'étaient des pins maritimes, mais la plupart d'entre eux dépassaient les cinquante mètres de hauteur.

Nous atteignîmes les premiers mamelons vers ce qui correspondait pour nous au début de l'après-midi. Là, l'herbe était réduite à quelques touffes. Des roches crevaient le sol, lui donnaient un aspect sauvage.

— Pas très hospitalier, cet endroit, me dit Corélia.

Nous nous trouvions à l'entrée d'une très large vallée dans laquelle nous nous engageâmes. Bientôt, je m'arrêtai, mon attention ayant été attirée par une sorte de monument situé sur une hauteur.

— Qu'est-ce que vous regardez comme cela ? me demanda Corélia.

— Cette chose, là-haut... On dirait les ruines d'un ancien temple grec...

Le lieutenant s'arrêta, prit ses jumelles et les braqua sur le point que je venais de désigner.

— Vous avez raison, dit-il au bout de quelques secondes, on dirait effectivement des ruines. On distingue nettement six colonnes taillées dans une pierre blanche. C'est très beau...

Il tendit les jumelles à Corélia qui me les passa ensuite. Les colonnes se découpaient sur le bleu du ciel. Pour un peu, nous nous serions crus en Grèce...

C'était là une découverte inattendue, mais celle que nous fîmes un peu plus loin le fut plus encore. Un repli de terrain et des frondaisons nous cachaient une merveille.

Quand nous découvrîmes la ville, la stupeur nous cloua sur place. C'était une ville toute blanche, magnifique, qui resplendissait sous le soleil. Une ville avec ses maisons au toit plat, avec ses temples, ses avenues, ses rues toutes pavées, ses jardins, ses places... Un mélange harmonieux de grec et de romain agrémenté de formes d'architecture qui ne devaient rien à personne...

Nous étions sidérés. J'avais l'impression, brusquement, d'avoir fait un saut de plusieurs siècles en arrière dans notre Histoire. Cette ville était une splendeur. Je regardais autour de moi comme un écolier qui visite un musée. La beauté du site me faisait oublier les mauvais moments.

Nous avançâmes sur une route pavée vers cette ville que nulle muraille ne défendait.

— Stop! ordonna le lieutenant. N'allez pas plus loin. Nous ne savons pas ce qui nous attend...

— C'est bizarre, dit le maître d'équipage, on ne voit personne...

Sa remarque nous fit évoquer un tableau sanglant. Cela recommençait. Un silence impressionnant régnait en maître sur la ville.

— Voilà peut-être l'endroit où résident nos ennemis, émit Corélia.

— De toute façon, dis-je, il n'y a qu'une façon de le savoir... Il faut aller voir ! Nous avons des armes. Si nous sommes attaqués, nous nous défendrons !

— A condition de ne pas tomber dans un piège ! répliqua le lieutenant. Mais vous avez raison. Il faut aller voir... Avancez doucement ! Tenez-vous prêts à tirer.

Epiant les alentours, nous arrivâmes au niveau des premières habitations. Toujours le même silence. Les rues étaient désertes. Nulle trace de combat.

— Arrêtons-nous, conseilla l'officier. Lhama ! Ygon ! Denver ! Allez fouiller ces maisons. Si vous êtes menacés, tirez immédiatement.

Tandis que les cosmatelots exécutaient l'ordre, nous inspections les environs. Lhama fut bientôt de retour.

— Rien, mon lieutenant ! Les maisons sont vides !

Nous visitâmes d'autres demeures dans lesquelles nous trouvâmes des meubles couverts d'une épaisse couche de poussière, des vêtements soigneusement rangés dans des coffres sculptés, divers outils et ustensiles, des parchemins sur lesquels étaient tracés des signes et des dessins, le tout dans un excellent état de conservation.

Nous devions nous rendre à l'évidence : la cité avait été abandonnée ! Nous nous trouvions dans une ville morte !

— Je n'y comprends rien, dit Boris Vlajinski, vraiment rien ! Ils sont tous partis ! Ou bien, ils sont morts !

Que s'était-il passé ici ? Qu'est-ce qui avait mis fin à cette civilisation brillante ?

Nous aurions été bien en peine de répondre.

J'étais perplexe. Une civilisation ne disparaît pas comme cela, d'un seul coup, sauf lorsqu'il se produit un gigantesque cataclysme. Ce n'était pas le cas.

— Je ne sais pas si vous êtes de mon avis, dis-je à Corélia, mais je crois de plus en plus que les habitants de cette cité ne sont pas morts !

Elle leva vers moi des yeux étonnés.

— Qu'est-ce qui vous fait dire cela ? demanda-t-elle.

Pour toute réponse, je lui pris la main et l'emmenai au beau milieu de la large avenue. Puis je lui montrai un édifice imposant. Un temple inachevé.

— Regardez, Corélia... Croyez-vous que ce soient des ruines que nous contemplons en ce moment ? Ce temple est en construction !... Mais, regardez autour de vous !... Voyez-vous quelque chose qui ressemble à des ruines ?

— Non... Non, fit-elle. Cette ville a tout simplement été abandonnée. Qu'est-ce qui a pu pousser les gens à quitter leur cité ?... Mystère !

Tout cela n'avait pas de sens. Nous tombions d'un univers dans un autre. Nous nous interrogions en vain, tentions de relier entre eux les éléments dont nous disposions. En pure perte ! Tout se passait comme si le but ultime de notre vie devait nous ouvrir les portes de la folie. Nous croyions agir ; nous subissions encore...

D'autres édifices, manifestement, étaient également en construction. Des échafaudages demeuraient, attestant que l'activité avait brutalement cessé dans la cité. Cependant, tout donnait à penser que cela s'était fait dans le calme le plus complet. Nous ne notions aucun désordre, aucune trace de violence. Selon toute vraisemblance (?) les citadins avaient quitté leur demeure de leur plein gré, au même moment, les uns interrompant leur travail, les autres leur repas...

La cité était pleine de trésors, une cité très commerçante à en juger par le nombre d'ateliers où l'on avait fabriqué des poteries, où l'on avait façonné les métaux, où l'on avait tissé de somptueuses étoffes. Cité des arts, aussi. Ses habitants avaient voué à la beauté un véritable culte. Les magnifiques sculptures qui décoraient certaines façades, les bas-reliefs qui représentaient essentiellement des scènes champêtres, les fresques aux couleurs vives qui ornaient les murs, et les mosaïques qui tapissaient le sol de certaines maisons étaient là pour témoigner du degré de culture atteint par ce peuple.

Et les jardins, maintenant envahis par les mauvaises herbes... Et les pergolas... Et les bassins... Tout cela avait été abandonné.

Pour quelle impérieuse raison ?

— C'est vraiment extraordinaire ! fit le

lieutenant Ankay. Ces gens n'ont pas fui devant le danger. Ils sont partis, abandonnant leurs biens, comme si quelque chose de plus fort que leur volonté les avait appelés ailleurs !

J'eus un sursaut en entendant ses paroles qui résumaient très exactement ma pensée.

— Je crois bien que vous venez de mettre le doigt sur le point sensible, lieutenant ! Cette solution correspondrait assez bien avec ce que nous avons connu !... Il existe quelque part un peuple capable d'agir sur le psychisme humain, tout comme il agit sur la matière ! Un peuple qui dispose d'une force prodigieuse mais qui, malheureusement, en fait un bien mauvais usage !

— Croyez-vous qu'il existe un rapport entre le massacre de cette nuit et notre découverte actuelle ? Pensez-vous que les auteurs de ce massacre soient responsables de la désertion des habitants de cette ville ?

— Je n'irai pas jusqu'à l'affirmer, lieutenant, mais j'avoue que je suis tenté d'y voir là un lien.

— Oui, approuva Corélia. Cependant, je comprends mal les mobiles... Trois points sont à considérer. Le premier concerne le massacre d'un village entier. Le second l'abandon de cette ville. Le troisième cette sorte de folie qui nous a frappés. Il semblerait que les points deux et trois soient liés par un même facteur : l'inconscience. Mais quel rapport avec le premier ?... A mon avis, nous devons davantage nous attacher au fond qu'à la forme, et donc chercher à mettre le ou les mobiles en évidence.

Corélia avait raison. Nous ne possédions que des indices disparates. Aucune piste sérieuse. Comment y voir clair, dans ces conditions ? Nous nous débattions dans une énigme qui se compliquait de plus en plus.

— A qui profite le crime ? murmurai-je. Il faut que nous retrouvions les auteurs du massacre !

— Nous devrions commencer par essayer de relever leurs traces, car il ne fait aucun doute que nous les avons perdues... Ils n'ont probablement pas suivi un chemin rectiligne comme nous le supposions...

— Oui, fit le lieutenant. Et puis, nous nous sommes trop éloignés de la base... Nous allons retourner jusqu'au village et tenter de découvrir cette fameuse piste ! Allons, en route !

CHAPITRE X

Nous étions sur le point de quitter la cité. Le lieutenant Ankay prit contact avec la base afin de mettre ses supérieurs hiérarchiques au courant de notre mouvement. J'avais la quasi-certitude qu'il était persuadé de l'inanité de nos efforts. Mais lequel d'entre nous pouvait affirmer que nous retrouverions l'industriel et sa secrétaire ? Privés de cosmobils, nos moyens d'action étaient des plus réduits...

Retrouver les tueurs ! Tel était notre but. Nous nous raccrochions à la seule piste capable de nous conduire jusqu'à ceux qui dirigeaient ce monde, ces entités occultes qui nous retenaient prisonniers.

Je songeais avec appréhension que si nos ennemis possédaient de quelconques véhicules nous en serions pour nos frais. Comment, dans ces conditions, conserver la moindre espérance ? Toutefois, je me gardai bien d'émettre à haute voix pareille idée qui n'aurait eu d'autre effet que de faire fondre un peu plus le moral de mes compagnons.

Au lieu de marcher en file indienne comme nous l'avions fait jusque-là, nous nous étions déployés en arc de cercle à la demande du lieutenant, et nous examinions le terrain avec un soin particulier.

Depuis quelques instants, Petit Singe donnait des signes évidents de nervosité. Soudain, n'y tenant plus, il éclata :

— Et merde ! Merde ! Qu'on arrête ces conneries ! Y en a marre, à la fin ! On est là à tourner comme des cons. On peut faire ça longtemps, c'est moi qui vous le dis !... On va quand même pas passer notre vie ici, non ?

— J'ai bien peur que si ! répliqua vertement le lieutenant. Mais je refuse de rester les bras croisés en attendant que ça se passe ! Si nous n'avions qu'une chance sur un milliard de nous en tirer, il faudrait la tenter ! Même si cela doit déranger votre philosophie !

— Borné, hein ? ricana Petit Singe. Ce n'est pas pour rien que vous faites ce métier !

— Garde ton calme, lui lançai-je. Tu as beau râler, cela ne changera rien au problème !

— Toi, l'écrivain de mes fesses, ferme-la. On ne l'a pas demandé ton avis... Occupe-toi plutôt de ta nana !

— Non mais... Je ne te permets pas de...

— Ecoutez ça, les gars ! Il ne me permet pas !... Tu te prends pour qui, dis ?... Je te garantis que si un jour nous revenons sur Terre tu auras droit à une belle série d'articles qui ne sera pas piquée des vers !

Je ne sais pas ce qui me retint à ce moment-là de lui envoyer mon poing dans la figure. Je fonçai sur lui, le pris par le col de sa tunique.

— Ecoute, mon con joli : premièrement, personne ne t'oblige à lire mes bouquins ; deuxièmement, dis-toi bien que les critiques, bonnes ou mauvaises, n'ont jamais fait vendre un bouquin en plus ou en moins. Alors, ce que tu fais et rien, ça fait deux fois rien !... Les chiens aboient, la caravane passe !

Vert de rage, Petit Singe était prêt à riposter. Patrick Ankay intervint :

— Inutile de vous quereller. Nous avons autre chose à faire qu'à écouter vos histoires ! Je vous rappelle que vous êtes placés sous ma responsabilité et que mon rôle consiste également à maintenir une bonne entente entre nous... Nous sommes tous tant soit peu sur les nerfs, alors, faites un effort !

Nous en restâmes là.

— Allons ! fit encore l'officier. Avançons !

Nous reprîmes notre route en silence. Autour de nous s'étendait la savane, du moins quelque chose qui lui ressemblait d'assez près. Toujours un soleil de plomb, et pas le moindre souffle d'air... Dire que nous avions cru découvrir sur ce monde un éden !

Nous nous trouvions à mi-chemin entre les collines et le village quand Boris Vlajinski

nous appela. Il venait de découvrir, sans
erreur possible, les traces que nous cherchions. Herbe piétinée, brindilles sèches
écrasées constituaient les principaux indices. Des hommes étaient passés par ici.
Quelques taches de sang séché confirmèrent
l'hypothèse. Al Ygon trouva même un poi-
gnard perdu par son propriétaire, arme qui,
au besoin, nous aurait ôté nos derniers
doutes.

Dans le même temps, cependant, nous
vîmes réapparaître les billes vertes. Singu-
lière coïncidence. Je surpris également une
« conversation » qui éveilla brusquement
mes soupçons.

Mike Denver et Tom Agill jouaient à se
poser des devinettes !

Voilà que cela recommençait !

— Tu peux me citer un métal dur ?

— Oui, euh ! Le fer.

— Un métal mou ?

— Ben... Du plomb...

— Un métal léger ?

— De l'aluminium.

— Un métal liquide ?

Agill se gratta la tête, réfléchit un instant
et finit par répondre :

— Du mercure !

— Bien. Un métal transparent ?

Cette fois, le second cosmatelot parut véritablement embarrrassé. Je dois avouer que je
ne l'étais pas moins. Pensez donc : un métal

transparent ! Où Denver était-il allé chercher ça ?

— Alors là, je n'en sais rien, mon vieux ! Ça n'existe pas du métal transparent !

— Hé si ! fit l'autre en arborant un large sourire.

Je m'étais également laissé prendre au piège. Une douce euphorie se glissait en moi et je retrouvais un peu de l'ambiance de la base. Tout devenait simple, facile. J'étais détendu, parfaitement à l'aise, heureux de vivre...

— Alors ? fit Tom Agill. C'est quoi, ton métal transparent ?

— Du grillage ! répondit Denver en éclatant de rire.

Je l'imitai aussitôt. Nous riions tous les trois comme des fous. Soudain, nous vîmes nos compagnons venir vers nous. Sans explication, ils se mirent à nous secouer et à nous gifler. Et plus ils frappaient, plus nous riions.

— Arrêtez ! Arrêtez ! hurlait le lieutenant. Ce sont les billes vertes les responsables ! Arrêtez !

Je balbutiai :

— Quelles billes vertes ?

— Là ! Elles sont là ! Devant nous ! Autour de nous !... Je vous en prie, Devermont, faites un effort ! Ne vous laissez pas aller ! Ce sont elles qui provoquent cette euphorie !

La voix du lieutenant me parvenait comme un écho, déformée, lointaine. Je ne désirais pas refaire surface. Mais l'officier me secouait de plus belle, m'interdisant toute rêverie. Il hurlait à mes oreilles des mots que je comprenais à peine tant mon esprit était embrumé. J'étais comme ivre. Je n'avais qu'un seul désir : me laisser tomber dans l'herbe et dormir.

Vaguement, j'entendis le lieutenant qui commandait d'ouvrir le feu. Je comprenais mal la panique qui s'était emparée de lui. Celle-ci m'était étrangère. Je ne voyais qu'une chose : mon univers.

Quelques minutes plus tard, je fus de nouveau moi-même et je réalisai ce qui venait de se produire.

Attaque soudaine de notre psychisme. Attaque dirigée par ces saloperies de billes vertes qui flottaient au-dessus de nos têtes. Nous tenions là un début de solution. La preuve était faite : les billes étaient des êtres vivants !

— Ça va ? s'inquiéta Corélia.

— Ça va, répondis-je. Les autres ?

— Ils reviennent à eux... Mais comment cela est-il arrivé ? Avez-vous senti quelque chose de particulier ?

— Non, rien... Je suis passé d'un état à un autre sans m'en apercevoir...

Ces billes étaient extrêmement dangereuses. Leur pouvoir hypnotique était une arme des plus redoutables. Il fallait immédiatement prévenir la base. Ce que fit le lieutenant qui en profita pour signaler que nous avions découvert la piste des tueurs.

Le commandant Wayne prit bonne note et renouvela ses conseils de prudence. Dans sa voix perçait l'inquiétude. Nous avions affaire à forte partie.

Nous avions, ai-je dit, trouvé un commencement d'explication. Mais cette découverte, pour importante qu'elle fût, ne nous posait pas moins un problème, lequel fut clairement énoncé par Corélia.

— Qui sont nos ennemis ? demanda-t-elle. Les boules vertes ? Les auteurs du massacre ? Ou les deux à la fois ?... Incontestablement, ces choses volantes sont des êtres vivants qui sont peut-être les véritables maîtres de la planète ! Leur action est-elle gratuite ou préméditée ? Les massacreurs n'auraient-ils pas profité de l'hypnose collective dans laquelle étaient plongés les habitants du village ?

Nous recommencions à nous poser des questions. Cela n'en finissait pas. Et nous étions encore bien loin de la vérité !

— En tout cas, dit le lieutenant, nous tenons un élément positif. Ces billes vertes sont dangereuses ! Nous tirerons à vue ! Désintégration immédiate ! Il ne faut pas leur laisser le temps de nous asservir !

— Je suis d'accord avec vous, lieutenant, opina Corélia. Seulement rien ne nous renseigne sur leur rayon d'action ! Elles sont peut-être capables de se servir de leurs dons tout en restant hors de la portée de nos armes !

— C'est vrai, reconnut l'officier. Cependant, la preuve est loin d'être faite. J'espère que vous vous trompez... Néanmoins, nous ne sommes pas tous tombés dans le piège. On peut donc supposer que les facultés hypnotiques des billes vertes sont plus efficaces lorsqu'elles trouvent en nous une certaine disponibilité d'esprit. En conséquence, soyons très attentifs. Occupons notre cerveau, parlons, et surveillons-nous les uns les autres. De cette manière, nous parviendrons certainement à enrayer leur action...

Nous étions plus que jamais décidés à poursuivre notre chemin. Déjà, nous nous sentions plus sûrs de nous. Nous supposions, grâce aux traces découvertes par Boris Vlajinski, que nos ennemis étaient au nombre d'une centaine. S'il y avait combat, nous devrions lutter à un contre six ou sept. Mais nous avions la supériorité de l'armement.

Petit Singe ne songeait plus à vociférer. Il semblait avoir recouvré un certain calme après avoir abattu bon nombre de billes vertes. Pourtant, cela l'embêtait de devoir dépendre d'un autre homme, à plus forte raison d'un militaire. Il tint à me le dire.

Je me plus à lui rappeler que dans toute société digne de ce nom, tout le monde dépend de tout le monde et que c'est utopie que de prétendre le contraire. Je n'entendais pas, naturellement, défendre ce que l'on appelle « l'exploitation de l'homme par l'homme » mais exposer un point de vue selon lequel dans toute organisation il existe obligatoirement une hiérarchie. Que celle-ci soit ou non bâtie sur une notion de complémentarité. Utilité mutuelle des individus, en quelque sorte. Et puis, je parlai de règles, de lois, même si celles-ci ne devaient se résumer qu'à un « pacte de non-agression ». La liberté ?... L'égalité ?... Des vues de l'esprit. Ce sont des choses vers lesquelles il faut tendre la main que l'on n'atteint jamais. Je ne crois qu'en la fraternité...

Noireaud avait ses idées, et moi les miennes. La discussion révélait que nous avions malgré tout des points communs, que bien souvent notre désaccord venait de la signification que nous accordions aux mots. Et nous nous disputions. Car les hommes sont ainsi faits : ils attaquent leurs adversaires sur des détails qu'ils extrapolent, ne reconnaissent que le « pour » de leurs propres théories ou le « contre » des théories adverses ! Jamais, ne serait-ce qu'un instant, ils n'épousent un point de vue différent afin de le mieux comprendre, et c'est bien là où le bât blesse ! Quand donc apprendrons-nous à raisonner en synthèse ?

Enfin, pour l'heure nous refusions la philosophie. L'important était la discussion pour la discussion. Cela nous permettait d'échapper à toute emprise psychique.

Les traces étaient toujours visibles et nous n'avions aucune peine à les suivre. Jusqu'où nous emmèneraient-elles ? Vers quel autre mystère ? Nous voulions connaître la vérité, et nous battre ! L'homme ne veut pas être dominé, surtout quand il ne comprend pas la ou les raisons de cette domination. Et nous voulions comprendre !

Le soleil bleu déclinait et nous commencions sérieusement à sentir les effets de la fatigue. Nous avions beaucoup marché. Corélia était épuisée.

Le lieutenant donna le signal de la halte alors que l'horizon se parait de mauve et de violet. Ce fut pour tous un réel soulagement, sauf pour les androïdes qui ignoraient la fatigue.

Ces derniers, ayant reçu des ordres en conséquence, déchargèrent le matériel et entreprirent de dresser le campement. Deux tentes gonflées à l'air comprimé furent rapidement installées. Elles affectaient la forme de demi-bulles. A l'intérieur, dix personnes pouvaient tenir à l'aise. Fabriquées à partir d'une matière plastique très résistante, très fine, ces tentes, une fois pliées, tenaient un minimum de place.

Nous n'étions pas fâchés de nous reposer de notre fatigue et de nos émotions. La journée avait été riche en événements, mais nous conservions cette impression de tourner en rond. Nous ne savions pas encore qu'à certains moments nous étions guidés !

Comme de bien entendu, notre repas fut composé d'aliments synthétiques arrosés de deux gorgées d'eau « S ». J'avais l'impression d'être au régime !

Une nouvelle fois, le lieutenant se mit par radio en rapport avec la base. Fidèles, les androïdes montaient la garde.

La nuit n'était pas encore tout à fait tombée quand nous vîmes une silhouette venir vers nous. La luminosité n'était pas suffisante pour que nous puissions identifier l'inconnu.

Nous eûmes tous la même pensée. Il pouvait s'agir de Hugues Septfonds ou de Corélia Riscle !

— Ne tirez pas ! ordonna le lieutenant aux androïdes.

— Que se passe-t-il, Point Mobile ? Avez-vous du nouveau ? Parlez !

— Attendez, Point Zéro !

Un homme arriva en titubant. Mais ce n'était pas Hugues Septfonds. A la lumière de nos lampes nous reconnûmes l'indigène aux cheveux blancs. Il s'effondra, épuisé.

Corélia, aussitôt, se précipita vers lui. L'arrivée de cet homme allait peut-être nous aider dans nos recherches. Notre espoir, cependant, fut de courte durée. L'indigène était mort.

CHAPITRE XI

Cheveux Blancs était mort...

Ce fut du moins ce que l'on crut pendant un long moment. Corélia avait conclu hâtivement, n'entendant plus battre le cœur de l'homme qui présentait effectivement tous les aspects de la mort clinique. Nous ne pouvions pas savoir que les indigènes de cette planète possédaient un métabolisme quelque peu différent du nôtre.

Nous avions transporté Cheveux Blancs à l'intérieur de l'une des bulles et nous nous interrogions quant à sa présence et au motif qui l'avait poussé à rechercher notre compagnie, quand il reprit conscience, à la grande stupéfaction de tous ceux qui se trouvaient là.

Instinctivement, nous eûmes un sursaut à la même seconde. Un sursaut, non de peur, mais de surprise. Avouez que ce n'est pas tous les jours que l'on assiste à la résurrection d'un mort !

Cheveux Blancs ouvrit les yeux. Sa poi-

trine, jusque-là inerte, se souleva. Il prit
appui sur ses coudes, nous fixa un instant de
son regard vert et pénétrant, puis il ébaucha
un sourire et se remit sur pied sans effort. Il
semblait parfaitement en forme. Il n'était
resté qu'une vingtaine de minutes dans un
état voisin du coma, une sorte d'état léthar-
gique qui avait conduit Corélia à prononcer
l'ultime diagnostic.

Muets, nous attendions. L'effet était spectaculaire. Cet homme que nous avions vu
tomber d'épuisement était à présent debout
devant nous. En quelques minutes il avait
reconstitué toute son énergie, était rentré en
possession de toutes ses forces. Comment
n'être pas émerveillé devant un tel don ? Et
qui n'eût pas donné cher pour détenir un tel
secret ?

Et l'indigène n'avait pas fini de nous étonner. Chacun de nous pensait qu'il n'était pas
là sans raison, que sa présence parmi nous
avait obligatoirement une signification.

Il nous laissa nous détendre et, sans cesser
de sourire, il parla. Sans remuer les lèvres !

Un télépathe !

C'était la première fois que les Terriens en
rencontraient un. Certes, il en existait sur
Terre et dans tout l'Empire Confédéral, mais
leurs dons, comparés à ceux de Cheveux
Blancs, n'étaient qu'attractions de fêtes
foraines ou de music-hall.

« Mon nom est Rangus, déclara-t-il. Je
viens en ami. Je pourrais essayer de m'expri-

mer comme vous le faites entre vous mais je ne possède pas encore une connaissance parfaite de votre langue. Nous savons que vous venez d'une autre planète, que vous voyagez dans l'air et dans l'espace grâce à un oiseau que vous appelez astronef ou vaisseau spatial. Cela ne nous surprend pas car depuis longtemps nous étudions les astres. Nous étions persuadés que notre planète n'était pas la seule qui fût habitée au sein de l'immense univers. Nous avons bâti une civilisation brillante. Vous avez pu en juger lorsque vous vous trouviez à Séreng-Soa. Jamais nous n'avons cessé de nous parfaire, repoussant toujours plus loin nos limites. Nous avons accordé une très large place à la science, aux arts et à la philosophie. Nous avons appris à cultiver la terre, à élever les animaux, à vivre en paix... Nous constatons que votre science dépasse la nôtre, cependant, ce sont nos forces que nous désirons présentement unir aux vôtres. Nous n'ignorons pas les raisons qui vous retiennent sur notre monde. Nous sommes dans une situation identique, c'est pourquoi nous vous offrons notre amitié et notre alliance contre le dieu mauvais... »

Nous étions abasourdis. Incontestablement, le peuple auquel appartenait Rangus était très évolué, et si nous avions sur lui une avance technologique certaine sa sagesse devait très largement dépasser la nôtre !

Nous ne regrettions pas de contact fraternel, pour de multiples raisons toutes aussi valables les unes que les autres.

Intriguée, Corélia demanda :

— Quel est ce dieu mauvais, Rangus ?

C'était la question qui nous brûlait les lèvres. Corélia nous avait devancés.

« Le dieu mauvais est notre ennemi à tous, répondit Rangus. Il y a quelques-unes de nos années, une caravane de marchands qui venait de Memphal-Soa découvrit sur sa route le temple mystérieux habité par le dieu mauvais. C'était la première fois que l'on voyait un temple bâti aussi loin d'une cité. On ignore qui l'a construit. Les procédés d'architecture sont très différents des nôtres, les formes aussi, et nous ne savons rien du matériau... »

— Vous voulez dire que ce temple n'a pas été édifié par ceux de votre civilisation, c'est bien cela ?

« Exact, répondit Rangus. Nos édiles, ayant écouté les marchands, se rendirent sur les lieux mais avouèrent que leurs connaissances ne leur permettaient pas de déterminer l'origine de ce temple. Ils ne purent d'ailleurs y pénétrer. Lorsque l'on s'approche du temple, le dieu se met en colère. Il ne faut pas aller là-bas... »

— Un dieu misanthrope ! ne put s'empêcher de déclarer Petit Singe. Il ne manquait plus que ça !

« Le dieu mauvais a détruit notre civilisation, poursuivit Rangus sans tenir compte de la réflexion de Noireaud. Sans doute a-t-il voulu nous punir parce que nous avions troublé sa retraite ?... Il a obligé notre peuple à abandonner les villes. Il l'a obligé à vivre dans de pauvres villages construits dans des paysages qu'il crée lui-même. Il l'a obligé à le servir, à travailler pour lui, à faire des choses dont nous ne comprenons pas le sens. Les miens n'ont pas résisté à la pensée du dieu. Elle est forte, impérative. Seuls les plus puissants parmi les Mentaux ont réussi à se soustraire à son emprise. Je suis de ceux-là. Nous luttons, mais nous ne sommes qu'une poignée d'hommes et de femmes. Les autres, tous les autres sont les serviteurs fidèles du dieu. Ils exécutent tous ses ordres... Ils ne sont pas malheureux, je crois, car ils ne se rendent pas compte qu'ils sont dominés. Du moins, ils n'étaient pas malheureux avant votre arrivée. Maintenant, le dieu les dresse les uns contre les autres, les pousse à s'entre-tuer... »

— Est-ce que vous essayez d'insinuer que nous sommes responsables des tueries ? demanda le lieutenant sur un ton qui aurait dû inciter Rangus à se tenir sur ses gardes.

« Je ne l'insinue pas, lieutenant... C'est bien ainsi qu'il faut vous appeler, n'est-ce pas ? Je ne l'insinue pas. C'est un fait avéré. Une constatation. Cependant, loin de moi l'intention de vous accuser de quoi que ce soit... Je vous livre les faits tels qu'ils sont afin de rendre votre aide plus efficace... »

Nous commencions à relier entre eux les éléments dispersés du puzzle, mais celui-ci était encore bien incomplet. Pourtant, ce que nous apprenait Rangus nous tenait en haleine. La situation semblait lentement se clarifier. D'une part nous savions que tous les maux de cette planète ainsi que ceux qui nous frappaient étaient l'œuvre d'un dieu mauvais hypothétique (et sur la nature duquel nous allions sérieusement nous pencher) et d'autre part que certains indigènes télépathes étaient prêts à nous apporter leur précieux concours. Voilà qui changeait bien des choses ! Nous allions enfin cesser de nous battre contre d'invisibles entités et nous mesurer dans un domaine concret !

Ainsi donc il existait sur ce monde une créature qui subjuguait les foules, qui s'emparait des esprits... par l'intermédiaire des billes vertes, probablement ! et ce « dieu mauvais » était également capable d'attirer un astronef comme le « Verseau » et de modifier à son gré le décor...

Dans quel but ?

Cette action correspondait-elle à un besoin ? A une nécessité ?

Je ne voyais pas très bien l'intérêt qu'un peuple, même très évolué, pouvait représenter pour un « dieu » disposant d'une telle puissance. Une puissance qui, sans doute, se situait à des niveaux bien supérieurs à ceux que nous imaginions.

« Nous vous avons observés, poursuivait

Rangus. Nous avons eu le temps d'assimiler les rudiments de votre langage que bientôt nous parlerons. Plusieurs fois nous avons tenté d'entrer en contact mental direct avec vous afin de vous expliquer les mystères de notre monde. Mais vous étiez ailleurs car vous portiez en vous l'empreinte du dieu mauvais. Il vous tenait en son pouvoir... Cependant, la disparition de deux des vôtres a tourmenté votre inconscient et, peu à peu, vous vous êtes libérés. Nous vous avons aidés en cela en associant à votre volonté la force de notre pensée. Ensuite, nous vous avons suivis. Là encore, nous avons hésité à prendre contact. Nous devions au préalable nous assurer que le dieu mauvais n'avait plus sur vous aucune influence. Ces meurtriers, ces tueurs que vous cherchez sont nos frères et nos sœurs. Ils n'agissent que sur l'ordre du dieu et ignorent ce qu'ils font... Nous vous avons incités à revenir de la cité blanche, Séreng-Soa... Ce n'est que lorsque vous avez abattu les..., ce que vous appelez les billes vertes, que nous avons compris que vous étiez vraiment libres et que vous possédiez des armes capables de vaincre le dieu mauvais... Nous avons à livrer un même combat. Aidez-nous à délivrer nos frères et vous serez libres de repartir dans votre monde... »

Nous avions « écouté » avec beaucoup d'attention les propos de l'indigène, de cet homme que j'avais cru insaisissable la première fois que je l'avais rencontré.

Je traduis par des mots son langage télépathique, mais c'étaient des idées que nous recevions. Nous étions en communion de pensée ; le cerveau de Rangus communiquait directement avec le nôtre, et les impulsions qu'il nous envoyait se transformaient en langage clair dans les secrets replis de notre mémoire.

— Savez-vous ce que sont devenus nos compagnons ? demanda le lieutenant Ankay.

« Non, répondit Rangus, sinon nous les aurions dirigés vers vous. »

— Parlez-nous encore de ce dieu... Comment est-il ? Comment dicte-t-il ses ordres ?

« Je ne peux le décrire car je ne l'ai jamais vu. Personne ne l'a jamais vu puisque nul n'est jamais entré dans le temple. Au début, nous l'avons prié. Il ne nous a pas écoutés... Sa volonté est d'une puissance extrême. Elle agit directement sur la nôtre dont elle prend possession. »

— Et le temple ? Il ressemble à quoi ?

« Difficile. C'est un grand édifice, un très grand édifice. Nous n'avons pas vu d'entrée. Nous savons simplement que c'est dans le sol que se trouve la secrète demeure du dieu. Ce que l'on voit n'est rien en comparaison de ce qu'il y a en dessous... »

— Vous voulez dire que le temple est en grande partie enterré ?

« Exact. »

Le lieutenant demeura perplexe. Ce que nous racontait Rangus était presque trop bien. Nous « avalions » difficilement cette histoire de temple et de dieu mauvais. Certains, même, n'y croyaient pas du tout.

Nous étions placés devant une alternative : ou bien Rangus mentait, ou bien il existait vraiment quelque chose, un être surdoué, une créature que les indigènes prenaient pour un dieu.

Je m'étais laissé dire que les télépathes étaient incapables de mentir. C'était donc que ce « dieu » existait !

Mais n'étions-nous pas tombés dans un nouveau piège ? N'allions-nous pas, une fois de plus, sombrer dans la folie ?

Que penser ?

Mes compagnons et moi nous posions les mêmes questions. Nous avions reçu aux précédentes de nombreuses réponses mais nous devions bien reconnaître que l'énigme demeurerait tant que nous n'aurions pas touché le fond et mis au jour les mobiles.

— Où sont les vôtres ? demanda Boris Vlajinski. Pourquoi ne sont-ils pas avec vous ?

« Nous ne pouvions prévoir vos réactions, lui répondit Rangus. Je suis venu seul, en émissaire. Les miens attendent que je leur donne le signal. Ils nous rejoindront au lever du jour si vous acceptez l'alliance. »

Le lieutenant Ankay réfléchit quelques instants, sembla peser le pour et le contre. Nous n'avions pas le choix, de toute façon. Piège ou non, nous saurions la vérité.

— Nous l'acceptons, décida l'officier. Nous vous faisons confiance. Toutefois, si vous cherchez à nous tromper...

« Les Mentaux ne mentent jamais. Seul le langage parlé contient les subtilités du mensonge. Nous ne sommes pas vos ennemis. Nous vous offrons cette alliance pour que nos frères et nos sœurs retrouvent la paix. Nous avons besoin de vous comme vous avez besoin de nous. Nous devons nous associer, agir ensemble. »

— Une question encore... Vous avez dit que vous vouliez retrouver la paix. Dans le tableau que vous nous avez brossé de votre civilisation, il n'a jamais été question de guerres entre cités, entre groupes... Or, vous possédez des armes !

« Vous êtes des gens compliqués, dit Rangus qui conservait un visage impassible. Nous ne sommes pas un peuple belliqueux. Si nous possédons des armes, celles-ci ne servent qu'à assurer la défense, et il y a des centaines de nos années que nous n'avons pas eu à nous en servir. Dans un lointain passé, cependant, des hordes de conquérants ont envahi nos terres, tuant la population et saccageant nos récoltes. Nous les avons repoussés. Il y a très longtemps que nous vivons en paix. Séreng-Soa vit... ou plutôt vivait en parfaite harmonie avec toutes les autres cités. Nous ne connaissons plus la violence... Le dieu mauvais a bouleversé notre vie... »

— C'est bon, fit Patrick Ankay. Je vous crois. Les vôtres nous rejoindront comme vous l'avez prévu. Nous partirons immédiatement après... Combien de temps faut-il pour parvenir à la demeure de... du dieu ?

« Il faudra beaucoup marcher, répondit Rangus. Deux jours. Peut-être trois. Le dieu ne se laissera pas facilement approcher, surtout s'il sait que nous avons fait alliance. »

— Ah ? Parce que vous croyez qu'il le sait déjà ?

« S'il ne le sait pas, cela ne tardera pas. »

Depuis un moment, je désirais intervenir. J'acceptais tout ce qu'avait dit Rangus sauf un détail qui avait son importance. Je me plaçais dans la peau d'un Grec de l'Antiquité qui aurait voulu tuer Zeus, ou Hermès ou encore Héra...

Quelle conception Rangus avait-il d'un dieu ? Pensait-il qu'un dieu est mortel ou bien croyait-il que nous étions également des dieux ?

« Ni l'un ni l'autre, me répondit Rangus avant que j'aie posé la question. Nous appelons dieu un être supérieur, un être capable de dominer, de plier les humains à sa volonté, et plus généralement ce qui reste invisible, inexpliqué... Nous avons notre croyance : celle en une force génitrice originelle qui est à la fois l'univers, le temps et la conscience du tout. Mais cette force n'est pas déité. La force est ce qui fut, est et sera. Il n'y a pas de mot pour désigner ce qu'elle est exactement, ni dans votre langage, ni dans le mien... Vous percevez la lumière parce que vous la comparez à l'obscurité. Vous distinguez les couleurs parce qu'elles se différencient. Vous percevez le silence par rapport au bruit. Notre esprit humain commence à deux, puis il découvre trois, quatre, etc. Nous raisonnons toujours en fonction d'éléments qui se distinguent les uns des autres, mais ce qui est « un » échappe en totalité à toute conception humaine. »

Que voulez-vous répondre à cela ?

Après avoir obtenu la réponse, je dus poser à haute voix la question et expliquer à mes compagnons à quelles sortes de réflexions je m'étais livré.

Malgré tout, je n'étais pas tranquille. Quelle certitude avions-nous que Rangus n'était pas l'un des responsables de notre présence sur cette planète ? Le « dieu mauvais » n'avait-il pas remplacé les billes vertes par des humains ? Dans l'affirmative, pourquoi se donnait-il autant de mal ? Qu'attendait-il de nous ? De quoi voulait-il nous convaincre ? Qu'étions-nous en mesure de lui apporter ? Ne possédait-il pas la puissance ? Que désirait-il d'autre ? Que lui manquait-il ?

Je profitai de ce que Rangus répondait aux questions qu'on lui posait pour tenter de trouver la faille. Peine perdue. Les propos de l'indigène étaient parfaitement cohérents. Mais quoi de plus naturel que de demeurer

sur la défensive ? Depuis que nous avions
posé le pied sur ce monde, nous n'étions que
des jouets !

Rangus semblait croire en la puissance de
nos armes mais, paradoxalement peut-être,
je me faisais l'avocat du diable en voulant
imaginer le contraire.

Un être capable d'envahir votre psychisme
au point de vous asservir, un être capable de
subjuguer tout un peuple, un être capable de
transformer un paysage et d'attirer un vaisseau spatial quand celui-ci fonce dans l'espace à une vitesse proche de celle de la
lumière, un être de cette intelligence et de
cette force ne craint pas le rayon d'un
« Mogar ».

Le lieutenant rappela la base où les deux
officiers s'inquiétaient. Il leur donna les raisons de l'interruption brutale de la liaison et
demanda l'autorisation de poursuivre la
mission. Après quelques minutes de discussion, l'autorisation fut accordée.

— Des nouvelles en ce qui concerne l'industriel et sa secrétaire ?

— Négatif, Point Zéro. L'indigène n'a
pu fournir le moindre renseignement à
leur sujet... Puis-je me permettre de vous
demander le résultat des tests et des
contrôles ?

— Nous n'avons pas terminé, Point
Mobile. Jusqu'ici, nous n'avons rien trouvé
d'anormal. Nous ne comprenons toujours
pas. Tous nos appareils fonctionnent, sauf

le système antigrav, mais impossible de déceler l'origine de la panne... ou de l'anomalie. Même constatation pour les cosmobils. Nous piétinons... Nous pensions qu'en portant au maximum l'intensité du champ de force nous neutraliserions les effets de la puissance qui nous maintient au sol. Il n'en est rien. Aucune modification depuis votre départ. Interrogé sur le phénomène, MK-5 a répondu qu'il manque de données.

La liaison s'acheva avec la procédure radio habituelle.

Finalement, on continuait à patauger dans la mélasse. Déjà, les réponses apportées par Rangus ne me donnaient plus satisfaction. J'avais hâte de voir ce fameux temple où se terrait le « dieu mauvais » et de connaître par la même occasion les intentions de celui-ci à notre égard.

Qu'est-ce qui l'empêchait de reprendre possession de notre volonté ? Avions-nous franchi un degré ? Notre cerveau nous permettait-il, à présent, de résister à toute attaque psychique ? Est-ce que, par hasard, le « dieu » nous craignait ?

Nous discutâmes longtemps. Nos questions portèrent davantage sur des points de détails que Rangus éclaira.

Ce fut Corélia qui nous rappela que nous aurions sans doute des journées fatigantes et qu'il était sage de songer à prendre du repos. Nul ne fit la moindre objection. L'on s'organisa pour la nuit... Et je m'organisai moi aussi pour m'allonger auprès de Corélia !

Dehors, les androïdes veillaient.

CHAPITRE XII

Nous avions dormi comme des souches. Nous fûmes réveillés à l'aube par les androïdes. Naturellement, pas question de toilette, l'endroit et le moment ne se prêtant nullement aux ablutions quotidiennes. Nous devions nous accommoder de l'odeur de la sueur qui imprégnait nos vêtements et nous faire à l'idée que nous ne prendrions pas la moindre douche avant quelques jours. Mais c'était là un problème que nous avions relégué au second plan et qui ne nous affectait pas vraiment.

Quand tout le monde fut sorti des bulles, les androïdes dirigés par les cosmatelots s'employèrent à ranger le matériel. Il nous fut distribué une ration d'aliments synthétiques tandis que Patrick Ankay, toujours égal à lui-même, se mettait en rapport avec la base.

Quelques instants plus tard, dans les rayons du soleil bleu qui apparaissait juste au-dessus de l'horizon, nous vîmes arriver un

groupe d'indigènes des deux sexes. Six femmes et quatre hommes, pour être précis. Ils
ne portaient pour tout vêtement qu'un pagne
analogue à celui de Rangus. De splendides
créatures. De véritables statues d'ébène. Les
hommes étaient taillés en athlètes et avaient
dans le regard une bonté qui s'alliait étran-
gement à la fierté de leur allure. Des êtres
d'exception. Quant aux femmes, elles étaient
le charme, la beauté, la fascination. L'une
d'elles, ayant pour nom Tani, surpassait toutes les Vénus que j'avais eu parfois l'occasion
de contempler dans le plus simple appareil.
Une grâce envoûtante. Une perfection dans
le galbe et dans la ligne. Ses cheveux d'un
blanc de neige descendaient en cascade jusqu'au creux de ses reins et lui faisaient
comme une cape immaculée jetée sur ses
rondes épaules... Contraste saisissant avec la
peau noire. Et que dire de l'infinie douceur
des traits de son visage ? De ses yeux de
gazelle et de sa bouche délicatement dessi-
née ?... Je la dévorais du regard avec une
admiration qui n'échappa pas à Corélia. Mon
trouble non plus, d'ailleurs.

— Elle est très belle, n'est-ce pas ?

Difficile de me dérober à une question
aussi nette.

— Splendide ! répondis-je en prenant les
mains de Corélia. Cette fille est la perfection
même...

— Je suis bien de votre avis.

J'étais embarrassé. J'aimais Corélia et je

m'en voulais d'avoir laissé transparaître mon admiration béate pour Tani.

Et pourtant ? Comment ne pas éprouver un trouble profond, une forte émotion devant une telle femme ?

— Corélia, dis-je, croyez bien que...

— Ne cherchez pas à vous justifier, Gabriel, dit-elle en souriant. J'ai l'esprit large, vous savez ? Cette fille mérite qu'on la regarde et qu'on l'aime... En quoi cela changerait-il vos... vos sentiments à mon égard ? Pensez-vous que je n'aie pas détaillé les hommes ?

En quelques mots simples, Corélia avait annihilé mon embarras et laissé entendre que ce que j'éprouvais pour elle était pleinement partagé. Cela me remplit de joie.

— Venez, me dit-elle encore. Allons faire plus ample connaissance...

Rangus fit les présentations. Un fort courant de sympathie circula entre nous et nous rendit l'optimisme. Nous étions devenus amis et allions prendre ensemble le chemin qui conduisait à la demeure du « dieu mauvais ». Les indigènes allaient nous protéger des attaques psychiques, et nous les protégerions matériellement avec nos armes. Un bloc homogène.

Les androïdes achevaient de ranger le matériel dans des sacs qu'ils porteraient sur le dos. Les Bé, serviteurs muets, étaient d'efficaces et précieux auxiliaires. Nous avions peine à réaliser qu'ils n'étaient que des machines perfectionnées, tant était frappante leur ressemblance avec les humains.

Le soleil bleu montait à l'assaut du ciel, entamait, par son mouvement apparent, une nouvelle course autour de la planète. Il faisait très chaud déjà. Trop chaud. La tiédeur ouatée de la nuit s'était évanouie, avait regagné le royaume secret de l'ombre.

Nous nous mîmes en route.

Nous marchions depuis deux heures sous un soleil qui cognait de plus en plus dur. Les indigènes nous encadraient, prêts à créer une barrière mentale en cas d'agression psychique. De notre côté, nous surveillions les environs, mais surtout le ciel dans lequel nous nous attendions à chaque instant à voir disparaître les billes vertes.

Peu à peu, la savane cédait la place aux buissons, aux arbustes et aux arbres. Quelques plantes à fleurs rouges, hautes de plus d'un mètre, aux feuilles longues et découpées, croissaient dans l'ombre portée des feuillages.

Le visage impassible, très maître de lui, Rangus nous guidait. Il se montrait attentif, cherchant dans le paysage le détail insolite ou les points de repère qu'il connaissait. Mieux que quiconque, il savait que le décor se modifiait par la volonté du « dieu mau-

vais », mais il avait appris à distinguer le
réel du fictif ; il n'hésitait jamais.

Nous parvînmes à l'orée d'une forêt
immense composée de géants : des arbres
qui atteignaient les cent mètres et dont les
branches extrêmement tourmentées se rami-
fiaient dans les feuillages emmêlés, touffus,
aux teintes mordorées. Les troncs presque
lisses me faisaient penser aux piliers d'une
gigantesque cathédrale de verdure. Au-dessus de nous, c'étaient de véritables ogives,
une merveilleuse architecture naturelle. Je
me sentais ridiculement petit.

L'ombre de la forêt nous apportait un peu
de fraîcheur. Autour de nous, des troncs.
Seulement des troncs. Pas de buissons. Pas
de jeunes pousses. Pas de ronces. Rien que
des arbres énormes. Nous avancions sur un
épais tapis de feuilles mortes, témoins des
saisons qui s'étaient succédé. Quelques plantes chétives, quelques fleurs grêles, quelques
misérables touffes d'herbe poussaient çà et
là, timides, dans les rares flaques de lumière
quand les seigneurs des lieux voulaient bien
accorder aux rayons du soleil un droit de
passage.

Beaucoup de sources dans la région. Des
ruisseaux, à peine plus larges que les cinq
doigts d'une main réunis, serpentaient, se
faufilaient parfois entre les racines noueuses
et moussues des arbres séculaires. Des mari-
gots, des rivières à l'eau transparente et au
flot paisible murmuraient, racontant, à qui

savait les entendre, les plus anciennes légendes de la forêt.

Plusieurs fois nous eûmes à traverser une rivière au lit douillet formé de galets soigneusement polis. La profondeur des cours d'eau n'excédait jamais les cinquante centimètres et, le plus souvent, nous n'eûmes de l'eau que jusqu'à mi-mollet.

Nous découvrions un autre paradis. Un paradis dans lequel les oiseaux étaient multitude. Ils jouaient dans les feuillages, heureux de vivre, mêlant harmonieusement leurs trilles, leurs cris, leurs pépiements, leurs chants, leurs roucoulements, leurs appels amoureux. Chacun d'eux usant des modulations qui leur étaient propres.

Un paradis. Oui...

Mais était-il vrai ?

N'allait-il pas brusquement se transformer ?

Je ne cessais de penser aux billes vertes qui pouvaient aisément se dissimuler en se confondant avec les verts et les bruns des feuillages, alors que cela leur était presque impossible en terrain découvert.

Ce paradis était dangereux. Conclusion : nous devions redoubler d'attention.

Nous fîmes halte vers le milieu de la journée. Notre nourriture ne varia pas. Les indigènes reçurent leur part, avalèrent les aliments synthétiques après les avoir longuement examinés. Ils ne pouvaient admettre que ces pilules et ces tablettes nutritives contenaient un vrai repas.

Par le lieutenant, nous apprîmes qu'il n'y avait rien de changé à la base. Le calme plat. Malgré la présence des arbres, les liaisons radio étaient parfaitement claires. Le lien invisible qui nous unissait au Point Zéro demeurait.

*
* *

Nous poursuivîmes notre route, toujours guidés par Rangus. Mais nous n'avions pas parcouru plus de deux kilomètres quand l'indigène s'arrêta. Il leva la tête ; son regard erra parmi les feuillages. Ses semblables en firent autant. Leur visage, tout à coup, s'était fermé, avait pris une expression figée, et leurs yeux d'émeraude semblaient briller plus fort.

Je m'aperçus alors que la forêt était devenue silencieuse. Les oiseaux s'étaient tus. Je les imaginais, cachés dans leur nid, blottis dans le creux d'un arbre, tremblants...

— Qu'est-ce qui se passe, Rangus ? demanda le lieutenant.

« Le dieu mauvais nous a sentis, répondit le noir aux cheveux blancs. Il sait que nous allons vers lui et il se manifeste... Nous avons décelé des ondes qui ne trompent pas... »

L'officier regarda autour de lui et dit encore :

— Apparemment, aucun danger ne nous menace.

« Ce danger existe pourtant, affirma Rangus. Les miens le savent. Les oiseaux l'ont également deviné. Le dieu mauvais va nous interdire d'aller jusqu'à lui. »

— Fort bien ! s'exclama le lieutenant. Il nous craint donc ! Il doit savoir que nous sommes capables de nous mesurer à lui et susceptibles de le vaincre !

J'étais de son avis. Si ce dieu, ou toute autre créature en tenant lieu, se donnait autant de mal pour nous empêcher d'entrer dans son domaine, c'était parce qu'il n'était pas sûr de sa force !

Mais il pouvait également s'agir d'une ruse...

— Avançons ! ordonna Patrick Ankay. Ne traînons pas. Ne nous laissons pas impressionner par ce silence. Si danger il y a, nous l'affronterons !

Nous continuâmes à progresser au milieu de ce monstrueux ensemble de piliers soutenant la voûte végétale. A l'exception des indigènes, nous étions tous un peu crispés. Nous marchions, la main plaquée sur l'étui qui pendait à notre ceinture, prêts à dégainer notre « Mogar » à la moindre alerte. Nous n'avions pas d'idée précise en ce qui concernait le danger annoncé par Rangus. Nous pensions cependant que nous aurions à affronter un ennemi fait de chair, de sang et

d'os. En cela, nous nous trompions lourde-
ment.

Il y eut d'abord l'ambiance particulière.
La lumière se mit à décliner avec une rapi-
dité qui mit nos sens en alerte. Dans la
sombre forêt, le jour ne parvenait plus à
filtrer. Toutes les couleurs devenaient grises.

« Le dieu mauvais mange la lumière, dit
Rangus. Cela est déjà arrivé. C'est sa façon
de nous dire que nous pénétrons dans son
domaine... »

Une rafale de vent secoua brusquement les
branches tourmentées des grands arbres.
Puis il y en eut une seconde. Et une troisième. Une autre et encore une autre. En
quelques instants la forêt devint un océan en
furie. Le vent s'était levé d'un seul coup ; les
feuilles mortes se soulevaient, tourbillon-
naient, nous fouettaient le visage. De puissants mugissements s'élevaient, pareils aux
plaintes déchirantes des âmes que l'on tor-
ture. Cris de souffrance, cris d'agonie, hurlements de bêtes formaient un hallucinant
concert. Les bruits étaient démesurément
amplifiés et mettaient nos tympans à rude
épreuve. C'était toute la planète qui hurlait.
Des milliards de voix ! Insoutenable caco-
phonie d'une furieuse tempête savamment
orchestrée par le « dieu mauvais ».

Nous nous bouchions les oreilles tout en
continuant d'avancer, tête baissée, contre un
vent venu tout droit de l'enfer. Un vent qui

nous apporta bientôt une odeur âcre que nous identifiâmes immédiatement.

De la fumée !

La forêt brûlait !

Des milliers d'oiseaux fuyaient. Nous les confondions avec les feuilles qui volaient en tous sens.

La peur nous paralysa l'espace de quelques minutes. J'allai voir le lieutenant pour lui dire que la meilleure façon de lutter contre le feu était d'allumer d'autres incendies.

— Qu'est-ce que vous dites ? cria-t-il.

Je dus hurler à ses oreilles pour me faire entendre. Quand il eut compris mon plan, il acquiesça. Nous fîmes demi-tour et les cosmatelots mirent le feu aux feuilles mortes qui flambèrent immédiatement. Le vent pousserait l'incendie dans la même direction et à la même vitesse que celui qui nous menaçait. Ainsi, le foyer que nous avions volontairement allumé dégagerait un espace suffisant qui nous servirait de refuge.

Le vent poussait les flammes qui dévoraient les feuilles mortes et les arbres. Nous nous trouvions juste entre deux incendies qui se propageaient à égale vitesse. Je refusais cependant de voir en cela l'action du « dieu mauvais ». Ces ténèbres éclaboussées de lueurs sanglantes, ce vent, ce feu, les lui devait-on ? Je ne voulais pas y croire bien qu'ayant eu l'occasion de me rendre compte de la puissance du dieu.

Fuir ? Nous y avions pensé. Mais dans quelle direction ? Nous risquions de nous jeter dans une fournaise et d'être rapidement transformés en torches vivantes. Le feu ronflait. Le vent activait son ardeur dévorante par un harcèlement incessant. Les flammes, hautes de plusieurs mètres, s'attaquaient aux géants qui craquaient, qui gémissaient. Les feuilles des branches les moins élevées se recroquevillaient. Certaines étaient déjà en proie à la fureur du monstre rouge.

Ronflements. Etincelles éclatant en gerbes crépitantes. Flammes et hurlements. Branches rompues jaillissant de l'épaisse fumée ou crevant l'atmosphère dansante. Tourbillons orangés. Lueurs d'enfer qui défiaient les ténèbres.

Et nous...

Nous demeurions dans un endroit encore épargné, dans les cent mètres environ qui séparaient les deux foyers. Nous espérions. Petit Singe n'arrêtait pas de dire qu'il fallait courir vers la rivière la plus proche. Mais, pour la trouver, cette rivière... ? Nous avions cependant déniché un ru dont l'eau nous fut précieuse pour imprégner nos vêtements.

Je n'avais pas prévu que le vent allait changer de direction. C'eût été un moindre mal s'il s'était mis à souffler en sens contraire ; il nous aurait alors suffi de rebrousser chemin et de gagner un espace qui nous aurait assuré une relative sécurité.

Les rafales de vent vinrent de tous les côtés

à la fois, allumant d'autres foyers. Le feu
s'étendait dangereusement, de façon anar-
chique, transformant notre angoisse en peur
panique. Nous dûmes, en dépit des circonstances, reprendre empire sur nous-mêmes. Il
fallait trouver rapidement une autre solution, sinon nous allions rôtir tout vifs !

— Les désintégrateurs ! hurla tout à coup
Boris Vlajinski en se ruant littéralement sur
le lieutenant. Il faut utiliser les désintégrateurs.

Le feu ayant créé une véritable psychose
collective, nous n'avions pas pensé à nous
servir de nos armes. En désintégrant les
arbres, nous pourrions peut-être nous frayer
un chemin...

L'idée du maître d'équipage fut immédiatement adoptée. Le lieutenant recommanda
aux indigènes de se tenir derrière nous. Il
nous fit placer en ligne droite, face au premier incendie, puis il ordonna le tir. Quinze
« Mogars » entrèrent aussitôt en action.
Quinze rayons terribles jaillirent de la pointe
du canon. Nous avions réglé nos armes sur la
plus forte intensité, et nous nous attaquions
aux arbres, dirigeant notre tir sur les feuillages d'abord, puis sur les troncs, puis sur les
feuilles mortes.

Nous avançâmes lentement, suivis par les
indigènes, désintégrant les végétaux qui se
trouvaient en face de nous. Un couloir d'une
vingtaine de mètres de large commençait à
se dessiner. Le pouvoir de destruction des

« Mogars » était tel qu'un rayon bien dirigé désintégrait un arbre géant en quelques secondes. En moins d'un quart d'heure nous dégageâmes un espace suffisant qui nous mettait à l'abri des flammes.

Mais, dynamisé par le combat que nous menions contre le « dieu mauvais », le lieutenant décida de poursuivre, de continuer notre route, arguant qu'en détruisant le combustible, la matière, nous détruirions du même coup le feu dévastateur.

Nous nous attaquâmes donc à la barrière de flammes. Torches gigantesques, arbres à demi calcinés en proie à l'action du feu vivant. Nos armes tiraient sans interruption, éteignant de façon spectaculaire une partie de l'incendie sous le regard admiratif des indigènes. Nous étions à notre tour dynamisés, remplis d'espoir. C'était une nouvelle victoire que nous remportions.

— Tirez ! Tirez ! s'écriait le lieutenant. Ne vous arrêtez pas ! Il faut continuer.

Nous avions pratiqué une large trouée dans les débris incandescents, et nous avancions toujours, impatients d'arriver de l'autre côté du mur de feu. Il régnait une chaleur épouvantable. A l'exception des indigènes, nous étions rouges comme des tomates. La fumée que nous avions respirée, à notre corps défendant, nous piquait à la gorge et nous faisait tousser. Quelques-uns d'entre nous avaient les cils ou les cheveux roussis. Tom Agill et Henry Cros avaient été légère-

ment brûlés. Seuls les androïdes n'avaient
pas souffert ; leur peau synthétique leur permettant de résister aux plus grandes cha-
leurs comme aux froids les plus vifs, cela en
vue de protéger leurs complexes internes.

Nous marchions sur des cendres devenues
tièdes. Des cendres que le vent soulevait en
nuages épais qui nous enveloppaient. Nous
nous protégions les yeux, le bras gauche
replié, gardant dans la main droite notre
précieux « Mogar ».

Enfin le vent réapparut. Nous avions franchi le mur de feu, non sans mal. Nous étions
saufs. En piteux état, certes, mais vivants !
Corélia ne m'avait pas quitté. Sans doute
avions-nous eu la même idée : celle de mourir ensemble si nous étions condamnés.

Curieuse façon que l'homme a de toujours
penser au pire...

Nous étions couverts de cendres, nous
sentions la fumée. Nos yeux rouges et lar-
moyants nous donnaient des mines désas-
treuses. Je pressai les mains de Corélia.
J'aurais voulu la serrer contre moi, l'embrasser, mais l'infatigable lieutenant organisait
déjà un avenir tout proche.

— D'abord, déclara-t-il, nous allons nous
débarrasser de toute cette crasse. Au prochain cours d'eau, nous ferons halte. Ensuite,
nous repartirons. Il convient de quitter la
forêt au plus vite si nous ne voulons pas
refaire une expérience comme celle-là !

Rangus assura qu'on atteindrait l'orée de la forêt bien avant que le soleil ne se couche.

Le vent d'enfer soufflait toujours avec la même violence, et les ténèbres régnaient. Nous supposions cependant que lorsque le « dieu mauvais » saurait qu'il avait perdu la partie le calme reviendrait.

Le calme revient effectivement quand nous atteignîmes le bord d'une rivière. Mais le dieu en question nous réservait encore quelques désagréments, et non des moindres !

CHAPITRE XIII

Nous avions échappé au feu, au piège tendu par le « dieu mauvais », et nous respirions un air sain qui sentait bon la forêt. Une rivière paresseuse, aux eaux limpides nous accueillait. Nous nous y plongeâmes avec délices après nous être dépouillés de nos vêtements. Les indigènes nous imitèrent, partageant notre joie. Curieusement, ce furent les femmes qui détaillèrent le plus la sculpturale beauté de Corélia. Elles l'avaient entraînée jusqu'au milieu de la rivière, goûtant avec elle aux plaisirs de l'eau. Elles avaient trouvé une sœur en Corélia.

Après ce bain qui nous avait réconfortés, nous nous sentions plus à l'aise. Avec des branches d'arbre, nos vêtements furent dépoussiérés, battus comme des tapis. Nous avions presque oublié nos angoisses dans ces quelques instants de détente.

Nous étions prêts à reprendre notre route.

Nous quittâmes la forêt deux ou trois heures avant que ne tombe le manteau violet du crépuscule. Derrière l'amas végétal s'étendait une région pénéplanée, aux mamelons empâtés et pelés, hérissés de touffes d'herbe jaune qu'au premier abord je comparai aux oyats terrestres.

Quelques arbres nains, dont les branches souples s'enroulaient autour d'un tronc noueux, alternaient avec des buissons aux longues épines ou avec des groupes de plantes à fruits mauves, gros comme des melons, et dont les tiges velues rampaient mollement sur le sol. Rangus nous apprit que ces espèces de melons étaient des plantes carnivores. Un insecte ou un petit rongeur qui s'engluait dans le velours des tiges était dévoré en quelques minutes. Ces plantes, heureusement, étaient sans danger pour l'homme. Il fallait cependant éviter de les frôler car elles sécrétaient une substance particulièrement urticante, très désagréable.

Nous découvrions des paysages surprenants qui ne possédaient entre eux aucun lien. L'on passait sans transition de l'un à l'autre comme si nous nous trouvions sur la scène d'un immense théâtre où se succédaient les tableaux. Cela nous laissait une bizarre impression.

Nous fîmes halte vers le soir, heureux de nous reposer enfin. Nos précieux androïdes installèrent le campement. Dieu merci, ils étaient avec nous, ceux-là, car nous étions fourbus !

Les bulles furent rapidement montées. Le

« repas » bâclé, nous allâmes dormir. Les indigènes déclarèrent qu'ils préféraient coucher dehors. Ils insistèrent aussi pour monter la garde à tour de rôle, prétextant qu'ils devaient rester en état de veille afin de prévenir toute attaque psychique.

Il en fut donc ainsi. Indigènes et androïdes se firent les gardiens de notre sommeil. Nous pûmes de la sorte nous endormir l'esprit libre.

La nuit fut calme. Sans histoire.

*
* *

Notre réveil, cependant, fut assez pénible. Bien que le « sol » des bulles fût matelassé, l'air étant comprimé entre deux parois étanches, nous avions mal dans le dos et dans les jambes ; conséquences directes de notre fatigue de la veille.

Et même pas un bon café pour nous donner un coup de fouet !

Il fallait voir nos mines ! Rien que des visages aux traits tirés. Celui des hommes, mangé de barbe, était encore plus triste. Pourtant, nul ne se laissa aller à quelque accès de mauvaise humeur. Il n'y eut aucune réflexion. A quoi bon ? Nous étions tous dans le même bateau !

Corélia avait très bien supporté les épreuves, donnant l'exemple du courage, de la volonté. Plus que jamais elle était décidée à continuer. D'heure en heure, nous nous sentions plus proches l'un de l'autre et nous espérions avoir bientôt un moment d'intimité...

Repas en pilules et en tablettes. Encore. J'étais prêt à dévorer un canard duchesse... même si celui-ci devait, après un bref séjour stomacal, effectuer un demi-tour et repartir par les voies les plus rapides !

Oui, oui ! J'en étais là ! Pas de quoi rigoler. Les aliments synthétiques, c'est bien, mais le ras-le-bol arrive vite. Aussi vite qu'une envie de pisser !

Et nous en avions encore pour un ou deux jours de ce régime ! Intérieurement, je maudissais pilules et tablettes quand Noireaud eut le mot pour rire. Il marchait à côté de moi, muet depuis notre départ, rêvant sans nul doute à un vrai repas.

— Je ne sais pas ce que je donnerais pour un bon steak cuit à point, me lança-t-il.

Je l'aurais étranglé !

Je me contentai de hausser les épaules et de soupirer, comprenant qu'il en avait marre lui aussi, et tous les autres, d'ailleurs. Tout de même, il aurait pu garder cela pour lui ! Mais il désirait peut-être ouvrir une conversation ?

Je ne desserrai pas les dents. Je n'avais aucune envie de parler.

Rangus et le lieutenant avaient repris la tête de la colonne. Nous marchions derrière eux, d'un pas égal. Notre guide affirma que

nous toucherions au but le soir même si nous
continuions à progresser au même rythme.

Nous avions hâte de nous trouver devant le
« dieu mauvais » car c'était lui qui détenait
la clef de l'énigme. Et lui seul ! Il nous avait
montré sa force, mais nous lui avions prouvé
que nous étions en mesure de la vaincre.
Nous saurions bien l'obliger à traiter, voire à
capituler...

« Vanitas vanitatum, et omnia vanitas. »

L'homme a tendance à prendre ses désirs
pour des réalités. Nous allions, sans tarder,
en faire l'expérience.

Nous avancions dans le creux d'un vallon
quand soudain, sur les mamelons qui nous
environnaient, apparurent des silhouettes.
Des Noirs aux cheveux blancs, armés jusqu'aux dents, vêtus d'armures étincelantes...
Certains étaient coiffés d'un casque orné
d'un cimier et portaient lance et bouclier.
Des guerriers ! Plus d'une centaine ! La
menace était précise.

— Halte ! ordonna le lieutenant. Prenez
vos armes. Doucement. Nous n'emploierons
que le paralysateur...

Il regarda à sa gauche et à sa droite, et
aussi derrière lui. Les guerriers étaient partout. Ils nous encerclaient, semblant attendre un ordre impératif. Peut-être étaient-ils
en train d'évaluer nos forces comme nous le
faisions nous-mêmes à cet instant ? Leur
présence était impressionnante.

Rangus et les siens se taisaient. Ils

devaient souffrir de cette situation, sachant très bien que le choc serait inévitable. Là-haut, sur les petites collines, c'étaient des gens de leur peuple. Et eux étaient en bas, avec nous...

— Groupons-nous, décida le lieutenant. Soyons prêts à nous défendre. A mon signal, tirez sans interruption en balayant droit devant vous. Nous devons absolument empê-cher le corps-à-corps... Déplacez-vous lente-ment. Formez un cercle... Rangus ! Toi et les tiens resterez à l'intérieur.

Nous fîmes ce que dit l'officier. Nous ne quittâmes pas des yeux les hauteurs. Les guerriers n'avaient pas bougé. Ils parais-saient attendre le moment propice. On aurait presque dit qu'ils hésitaient.

Cette attente était dure pour nos nerfs. Etait-ce là une épreuve de patience ? Voulait-on nous faire commettre quelque impru-dence ?

— Restez calmes, surtout ! conseilla le lieutenant. Tant que nous resterons groupés, les risques seront faibles.

Nous étions également de cet avis. Je songeai cependant que cette situation ne pouvait se prolonger indéfiniment. Nous n'allions pas rester debout, côte à côte, jus-qu'à la nuit !

— Les billes vertes ! souffla tout à coup Boris Vlajinski.

Elles arrivaient en grappes, en essaims, nombreuses, semblables à des insectes se préparant à fondre sur nous. Le « dieu mauvais » n'avait pas lésiné, comptant rééditer un massacre par indigènes interposés. Nous comprenions maintenant la raison de cette attente.

Le lieutenant ordonna aux androïdes de désintégrer les billes vertes, Rangus ayant déclaré qu'elles étaient trop nombreuses. L'ordre fut aussitôt mis à exécution.

Ce fut le signal de l'attaque. Il y eut une formidable clameur puis les guerriers dévalèrent les collines en hurlant, exécutant de larges moulinets avec leur épée.

— Maintenant ! s'écria le lieutenant. Feu !

Tandis que les androïdes désintégraient les billes vertes, nous faisions face à l'ennemi. Il s'agissait sans conteste de ceux qui avaient massacré les habitants du village découvert par Noireaud. Cependant, nous ne devions pas les tuer, seulement les neutraliser en les paralysant. Ces indigènes ne faisaient qu'exécuter contre leur gré les ordres mentaux du « dieu mauvais ».

Tir de barrage. Sans discontinuer. Balayage intensif. Nous opposions aux attaquants un véritable mur tétanisant. A son contact, ils tombaient comme des mouches, les uns sur les autres, lâchant leurs armes et leurs boucliers.

Comment leur dieu avait-il été assez stupide pour croire un instant qu'il vaincrait en usant de forces aussi primitives ?

Question sans réponse. Le « dieu mauvais » en serait pour ses frais.

Les armes des androïdes faisaient merveille. Plus question de se laisser prendre au piège. L'ennemi allait subir son deuxième échec !

Vague après vague, les fiers guerriers tombaient. Les derniers ne semblaient nullement affolés par le sort de ceux qui les précédaient. Ils n'hésitaient pas à s'élancer vers nous avec une volonté suicidaire, preuve qu'ils ne disposaient plus d'une once de libre arbitre. Ils se conduisaient en robots, chacun d'eux obéissant individuellement à un programme d'ensemble, à un ordre strict dans lequel la raison n'avait pas sa place.

Cependant, un javelot, lancé avec force et adresse, atteignit Mike Denver en pleine poitrine. Le cosmatelot poussa un cri horrible, porta vivement les mains sur l'arme comme s'il voulait l'arracher. Lhama, qui se trouvait près de lui, se précipita pour le soutenir. Mais il était déjà trop tard. Denver vomissait un flot de sang épais et noir.

Il tomba.

Corélia ne put que constater la mort du malheureux.

Le combat avait cessé. Un combat rapide, inégal, faussé, qui avait néanmoins fait une victime dans nos rangs !

Un profond silence s'abattit sur notre groupe. Nous avions neutralisé cent cin-

quante hommes environ ; des hommes qui se
réveilleraient dans trois ou quatre heures...

Mike, lui, ne se réveillerait jamais.

Un froid bizarre nous envahit. Quelque
chose pesa sur nos épaules. Nous demeurions
muets, réalisant mal ce qui venait d'arriver.

Un cosmatelot était mort. Le javelot mau-
dit qui lui avait transpercé la poitrine aurait
pu tuer n'importe lequel d'entre nous... Peut-
être aurions-nous dû être morts ? Tous...

Si Rangus et les siens ne nous avaient pas
protégés, ou si nous avions ignoré le rôle des
billes vertes...

Nous comprenions à présent que vain-
queurs et victimes étaient désignés d'avance.
Le dieu choisissait lui-même. Il sélection-
nait. Il dirigeait, ne laissant aucune chance
aux vaincus. Si nous étions tombés sous la
coupe des billes vertes, nous aurions accepté
sereinement notre rôle de vaincus ! Nous
nous serions à peine défendus. Et nous
serions tombés sous les coups des guerriers...

Pourquoi ?

Pourquoi le « dieu » agissait-il de la sorte ?
A quelle sorte de logique obéissait-il ? Quels
avantages retirait-il d'un affrontement aussi
sanglant ? Quelle valeur pouvait avoir à ses
yeux un combat truqué, un combat dont il
connaissait d'avance l'issue ? Que lui avait
apporté le massacre d'un village entier ? Que
lui avait apporté la mort de Mike Denver ?

Tout cela était absurde. Nous ne comprenions pas. A moins d'être fou, on ne tue pas sans raison.

Une grave menace planait au-dessus de nous. Nous avions gagné la seconde bataille mais le prix, cette fois, avait été hors de proportions ! Combien de temps encore allions-nous tenir ?

Emu, le lieutenant Ankay prit la carte magnétique d'identification et les quelques affaires personnelles du cosmatelot, puis il prononça à voix basse les paroles rituelles prévues par le code spatial.

Et, conformément à la loi, Mike Denver fut désintégré.

L'officier nous adressa ensuite la parole :

— Je ne vous résumerai pas une situation que vous connaissez aussi bien que moi, commença-t-il. Notre but est de trouver celui que nos amis ici présents appellent « le dieu mauvais »... Cependant, il y a eu mort d'homme. Cela suffit amplement pour interrompre notre mission. Pourtant, j'ai l'intention de ne pas mentionner cette mort dans mes prochains rapports verbaux avec la base et de continuer jusqu'à ce que nous trouvions le ou les responsables... Toutefois, si un seul d'entre vous désire abandonner, je fais un rapport immédiat sur la mort de notre compagnon... Il va sans dire que dans ce cas, nous devrons obéir à l'ordre qui émanera de mes supérieurs. Et cet ordre ne sera pas nécessairement un ordre de repli. Pour terminer, n'oublions pas que nous sommes ici

prisonniers. Si nous voulons revoir un jour la
Terre il ne nous reste que l'action... et l'espoir que cette action ne soit pas vaine !

Nous n'avions pas le choix. Reculer équi-
valait à capituler, à accepter la soumission,
et l'homme ne capitule pas tant qu'il lui
reste suffisamment de forces pour se battre.

A l'unanimité, nous décidâmes de continuer. Nous quittâmes donc les lieux du
combat pour suivre Rangus.

Peu de chose...

Nous étions peu de chose, en vérité. Pourtant, nous demeurions libres de notre pensée. Un instant majeur en de telles circonstances. Tant que nous serions maîtres de
notre cerveau, nous pourrions nous défendre
contre toute sorte d'agression.

Evidemment, nous pensions à Gisèle
Bazas et à Hugues Septfonds. Dieu seul
savait ce qu'ils étaient devenus. Nous
n'osions plus en parler de peur d'avoir à
préciser une hypothèse trop pessimiste.

Comment ne pas songer au pire lorsque
l'on a vu des hommes, des femmes et des
enfants rouges de sang, étendus dans la
poussière, au pied de leurs maisons ? Comment ne pas songer au pire quand on a vu
mourir un ami ? Car Denver était notre ami.
Dans cette aventure, des liens étroits
s'étaient rapidement noués entre nous...

*
* *

Nous ne fîmes que quelques haltes brèves dans le courant de la journée. Notre volonté avait pris le pas sur la fatigue, mais nous étions devenus nerveux et nous étions prêts à faire feu sur tout ce qui bougeait. Désormais, l'ennemi était partout.

Marcher. Et marcher encore.

Le soleil bleu était bas sur l'horizon lorsque Rangus nous fit signe de nous arrêter. Il scruta les environs, étudia minutieusement le terrain puis se tourna vers nous.

« Je reconnais formellement cet endroit, déclara-t-il. La demeure du « dieu mauvais » se trouve derrière cette colline. »

A cette nouvelle, mon cœur battit plus fort. J'étreignis machinalement la crosse de mon « Mogar ». L'émotion avait gagné tous les membres du groupe. Les indigènes eux-mêmes avaient perdu leur masque d'impassibilité. Je les voyais frémissants, captant je ne savais quelles ondes néfastes. Ils sentaient que le dieu était tout proche, et il ne m'était pas difficile de deviner leur inquiétude.

Ainsi, nous touchions au but...

« Oui, dit encore Rangus. Il est là, tout près. Tout ce qui nous entoure est imprégné de son psychisme. Il n'y a nulle peur en lui. Il est calme. Il semble nous attendre... Oui. Il sait que nous sommes là, que nous sommes venus uniquement pour lui. Il connaît nos intentions. Il veille. Rien ne pourra le surprendre... »

— Allons-y ! décida le lieutenant. Tout de

suite ! Nous allons nous arrêter un peu avant
le sommet de cette colline et rester à l'abri...
Je veux avant tout me faire une opinion.

Bien que nous sachant découverts, nous
escaladâmes la colline avec précaution. Suivant les instructions du lieutenant, nous
nous mîmes à plat ventre quand nous fûmes
presque au sommet.

— Le reste en rampant ! ordonna l'officier.

Ce que nous vîmes ensuite échappait à
notre entendement.

C'était une construction aberrante, de
forme semi-circulaire dont le rayon devait
avoisiner les dix mètres. L'angle sous lequel
nous découvrions cet... « édifice » nous sug-
gérait un disque énorme, épais, plus volumi-
neux vers le centre. On devinait aisément
que la seconde moitié de cette étrange
construction était enterrée. C'était comme
s'il y avait eu des fondations, une cave, un
sous-sol. L'ensemble de la partie visible était
garni de tubulures qui luisaient sous les
derniers rayons du soleil bleu ; des tubulures
qui reliaient entre eux des miroirs à facettes,
concaves ou convexes, des espèces d'anten-
nes paraboliques, et des cylindres transpa-
rents qui protégeaient des réseaux de filaments parcourus de luminescences orangées.
Une vie artificielle animait cet étonnant
complexe sur lequel nous étions bien incapables de mettre le moindre nom.

Le doute n'était plus permis en tout cas. Ce

que nous avions devant nous n'était rien d'autre qu'une machine.

Mais il ne s'agissait pas de n'importe quelle machine.

Bien entendu, il n'était pas question de nous en approcher pour le moment. Cette chose avait été construite par des êtres intelligents, par des créatures très certainement étrangères à cette planète. Il importait de savoir à qui ou à quoi nous avions affaire.

— Vous croyez que ce truc-là est la cause de tous nos maux ? demanda Boris Vlajinski au lieutenant.

— Je n'en sais rien, répondit ce dernier. En tout cas, avouez que la présence de ce... de cet engin est pour le moins insolite. Nous allons le contourner. J'aimerais savoir s'il possède un moyen de défense.

Toujours en utilisant le terrain afin de rester à l'abri d'une attaque éventuelle, nous amorçâmes un mouvement tournant dans le but de nous rendre compte de ce qu'il y avait derrière, de l'autre côté de la machine.

Je comprenais de moins en moins. Comment cet engin pouvait-il être responsable de la mort d'une centaine d'indigènes, de celle de Mike Denver, de notre présence ici, et en général de tous les bouleversements qui affectaient la planète ?

Machine devenue folle ? Je n'y croyais pas. Machine habilement manipulée par des créatures pensantes ? C'était plus vraisemblable. Je voulais bien imaginer qu'elle venait d'un autre monde mais je ne parvenais pas à trouver sa fonction.

La conquête de la planète, peut-être ?

Peu probable. D'ailleurs, n'était-ce pas déjà fait, en quelque sorte ? Les indigènes n'étaient-ils pas déjà soumis pour la plupart ?

Quel était le rayon d'action ·de la machine ?

Existait-il d'autres machines semblables à la surface de ce monde ?

L'autre « face », si je puis m'exprimer ainsi, se révéla identique quant à sa forme générale. Toutefois, aucun système compliqué n'apparaissait. Ce côté du disque était presque lisse, d'un rouge grisâtre auquel s'ajoutaient quelques reflets bleus, accrochés sur des renflements, reflets volés au crépuscule (le nôtre ou celui du « dieu » ?).

A la base, pareil à une flamme, battait un cœur de lumière. Et, à quelques pas de là, tournée vers lui, Gisèle Bazas, entièrement nue, se tenait immobile.

CHAPITRE XIV

Gisèle Bazas! Vivante mais, de toute évidence, esclave du « dieu mauvais ». Elle semblait artificielle, raide comme une statue, comme une poupée. Des yeux, nous cherchâmes Hugues Septfonds.

Invisible. Peut-être avait-il pénétré dans les entrailles de la chose ? Peut-être se trouvait-il dans l'une des salles supposées des sous-sols ? Peut-être était-il prisonnier de créatures non-humaines ?

Le lieutenant décida d'envoyer un androïde en reconnaissance. Boris Vlajinski lui avait suggéré de ramener d'abord Gisèle Bazas puis de s'attaquer directement à la machine. L'officier avait acquiescé. L'idée du maître d'équipage était bonne. En la mettant en application, l'on serait rapidement édifié quant aux possibilités de défense de la chose.

L'androïde partit seul, désintégrateur au poing, obéissant aveuglément aux ordres qu'il avait reçus. A tout moment nous nous attendions à voir jaillir un éclair destructeur. Mais il ne se produisit rien de semblable. L'androïde continuait d'avancer vers la jeune femme.

Il s'arrêta soudain. Ses bras exécutèrent encore quelques mouvements saccadés comme ceux d'un automate dont le ressort est à bout de course, puis il s'immobilisa tout à fait.

— La machine a dû agir sur ses circuits, opina le lieutenant.

— Elle l'a neutralisé, dis-je, mais elle aurait pu le détruire...

— Il faudrait pour cela qu'elle dispose d'une arme adéquate, répliqua l'officier. Or, il semble que cela ne soit pas le cas.

— Elle aura probablement voulu faire une nouvelle démonstration de sa force, bien que cela ne soit plus nécessaire maintenant...

Tout était à refaire.

Un cosmatelot se proposa comme volontaire pour accomplir la mission primitivement confiée à l'androïde.

— Laissez-moi y aller, mon lieutenant, demanda Moriss Lhama.

Le lieutenant prit un temps de réflexion. Il avait perdu un homme et ne tenait pas à en perdre un second. Mais les circonstances exigeaient que l'on tentât l'impossible pour sauver la jeune femme.

L'officier s'adressa à Rangus :

— Pouvez-vous l'aider ?

« Oui, répondit l'indigène. Nous soutien-

drons son psychisme. Mais qu'il avance très
lentement. S'il sent que nous ne sommes
plus avec lui ou s'il constate simplement que
sa perception faiblit, qu'il revienne immédiatement. »

— Compris ! dit le cosmatelot. J'y vais !

Il se redressa et se mit à marcher lentement vers le monstre, descendant l'autre
versant de la colline. Les indigènes ne le
quittaient pas des yeux, l'aidant psychique-
ment, dressant entre le « dieu » et lui une
barrière mentale.

Il parvint bientôt au bas du mamelon pelé,
s'arrêta pour observer un instant la machine,
puis il repartit. Lorsqu'il se trouva au niveau
de l'androïde, il hésita. Devant lui, c'était
l'inconnu, le risque, la mort peut-être. Rangus affirma cependant que tout allait bien,
qu'il ne décelait aucune influence néfaste.

Pas à pas, le cosmatelot avançait vers la
chose, s'approchait toujours plus près de
Gisèle Bazas. Encore une vingtaine de
mètres et...

Un sifflement strident, bref, déchira l'air.
A la même seconde, une clarté blanche,
aveuglante, repoussa brusquement l'homme
qui tomba à la renverse.

— Un champ répulsif ! s'exclama le lieutenant.

Heureusement pour le cosmatelot, ce
moyen de défense ne présentait aucun danger. Il se releva, un peu sonné, regarda la

machine avec un certain étonnement, puis
revint vers nous.

— Cette machine est indestructible !
annonça le lieutenant avec une rage conte-
nue. Indestructible ! Il est inutile de songer à
annihiler le champ répulsif ; nous ne disposons pas de l'appareillage nécessaire !

— Mais, fis-je, à bord du vaisseau...

— Non, dit sèchement l'officier. Le *Verseau* n'est pas un astronef de combat !

— Alors, c'est...

— Foutu ! Oui !... Nous avons fait tout ce
chemin pour rien ! Nous l'avons trouvé, ce
dieu mauvais ! Il ne nous reste plus qu'à lui
adresser des prières !

Il s'interrompit, se leva, fit quelques pas
pour se calmer et aider la réflexion.

— Pardonnez-moi, dit-il au bout de quelques minutes, je me suis laissé emporter
bêtement. Essayons de trouver une solution.

Norbert Noireaud ricana.

— Vous en avez de bonnes, l'officier,
lança-t-il. Vous dites que cette machine est
indestructible et vous espérez maintenant
trouver une solution ?... Faudrait peut-être
accorder votre violon si vous ne voulez pas
qu'il joue faux !

— Il y a peut-être des êtres vivants à
l'intérieur de cette chose, expliqua le lieutenant. Il n'est pas impossible qu'ils compren-
nent que nous appartenons à une race évo-
luée et que...

— C'est beau, l'optimisme ! Très

chouette ! Il n'y a vraiment qu'un réaction-
naire pour parler comme ça !

— Ah ! Non ! dis-je. Pas de ça ! On n'ignore
pas que les gens de ton espèce ne connaissent
rien sinon les jouissances du matériel, l'on
sait qu'ils n'imaginent même pas ce que peut
être un sentiment, mais je t'en prie, cesse de
faire des allusions à la politique. L'affaire est
assez compliquée comme cela ! Tu es contre
toute forme d'ordre, soit ! Quand on n'est pas
pour l'ordre, on est pour le désordre ! Point,
trait, à la ligne !

— Qu'est-ce qui te prend ? T'es devenu
cinglé ?

— Il me prend que ce n'est pas le moment
de discuter connerie !

N'importe quoi ! Il fallait que je parle.
Vite. C'était peut-être une solution ? L'idée
m'avait traversé comme un éclair.

— C'est toi qui parles de politique, maintenant ! me fit remarquer Noireaud.

— D'accord ! Changeons tout ! L'homme
d'abord, car tant qu'il gardera sa façon de
penser, aucune société ne changera !

— Utopie ! s'écria Petit Singe. L'homme
ne changera jamais ! Il y aura toujours des
exploiteurs et des exploités, des différences
de classes sociales et...

— Et des fainéants, des voleurs et des
assassins, je sais ! L'égalité n'existe pas et
n'existera jamais ! Parce que c'est impossible ! Nous devons réapprendre à vivre, nous
montrer tolérants, justes, pacifistes, et sur-

tout humains ! Ta liberté, tu ne la préserve-
ras qu'en préservant celle de ton voisin, en
lui permettant de s'exprimer, en lui recon-
naissant le droit de penser autrement. Le
droit à la différence, tu connais ?

— Va te faire foutre, Devermont !

Je me tus. Aussi soudainement que j'avais
mordu. Notre courte conversation en avait
dérouté plus d'un. Personne n'avait osé intervenir. Seul Rangus avait compris pourquoi
j'avais brusquement éclaté de cette manière.
Car il avait lu en moi. Mon but était d'éveiller l'intérêt du « dieu » en le déroutant lui
aussi par une explosion brutale. Si chacun de
nous présentait des façons de penser très
distinctes, le « dieu » devrait, pour les assimiler, accepter divers processus de logique.
J'espérais que cela perturberait sa propre
forme de pensée.

Prévenus par Rangus, les indigènes dressè-
rent une barrière mentale, s'opposant à toute
action psychique émanant de la machine.
Pendant ce temps, Rangus expliqua à mes
compagnons le rôle qu'ils avaient à jouer. Il
s'agissait de donner l'impression qu'en tant
qu'hommes nous n'existions véritablement
que par la volonté d'un être supérieur, que
nous représentions, individuellement, une
forme de pensée, une logique qui était le
reflet d'une pensée extraordinairement puissante. Nous devions faire croire que nous
n'étions que des apparences, tout au plus des
pantins. Le « dieu » devait admettre qu'il

existait quelque part une « créature » semblable à lui, aussi forte que lui.

La nuit était tombée. Nous nous approchâmes de la machine et demeurâmes à distance respectable du champ répulsif. Le cœur de lumière battait au même rythme, nous lançant des lueurs sporadiques.

Nous agissions comme si nous avions reçu un ordre.

Et nous nous mîmes à discuter de manière parfaitement illogique, soutenant des thèses sans fondement, fournissant des arguments nébuleux ou dépourvus de sens.

— Ne vous donnez pas autant de peine, dit une voix qui fit cesser immédiatement nos propos incongrus et nos raisonnements abscons. Vous êtes tous suffisamment dissemblables pour n'avoir rien à ajouter à votre nature... J'ai apprécié vos efforts, j'ai admiré votre force. Et vous êtes venus jusqu'à moi... Vous vouliez me connaître ? Soit ! Interrogez-moi. Je répondrai à vos questions.

Etait-ce cette machine qui avait parlé ? Cette voix mâle, bien timbrée, s'exprimant en langue sidérale, était-elle celle de cette... mécanique ? A bien réfléchir, ce n'était pas très surprenant puisque nous avions nousmêmes des ordinateurs perfectionnés capables de réaliser ce genre d'exploit. Mais que la chose ait su quelles étaient nos intentions, qu'elle s'exprimât avec cette ironie, nous ne l'admettions que très difficilement.

Il y eut quelques instants de flottement.

Nous étions désemparés. La machine avait compris que nous cherchions à la tromper, à la plonger dans l'embarras dans l'espoir de la rendre vulnérable !

Nous étions muets comme des carpes, encore sous le coup de l'étonnement. Nous étions venus là après avoir fourni bien des efforts, et ce n'était que pour constater un échec. Un lamentable échec !

Nous nous consultâmes du regard, nous demandant lequel d'entre nous prendrait la parole le premier. Bizarres, les réactions humaines. Nous nous étions posé quantité de questions et maintenant nous ne savions plus quoi dire.

— Vous voulez certainement savoir ce que je suis, reprit la voix. Les questions viendront ensuite, lorsque vous aurez réalisé que vous êtes en mon pouvoir... Je suis ce que vous appelez un appareil, une machine. J'ai été conçu pour créer le spectacle total. Comme vous, je possède un cerveau. Comme vous je peux me déplacer dans l'espace. Dans la partie invisible de mon unité, je possède des centres nerveux, des machines à induire et à extrapoler, des systèmes électroniques supérieurs qui me permettent de changer à volonté n'importe quelle vibration, de modifier les ondes, et donc de transformer ou de déplacer la matière, que celle-ci soit vivante ou inerte. Un complexe imaginatif me sert à créer des éléments de décor. Mes centres mémoriels contiennent des milliers de scénarios, des milliers de rôles. Je suis équipé pour fixer sur des microbandes des milliards de sons et d'images... Pour vous, je ne suis qu'une machine. En réalité, je suis plus que cela. Je suis un être collectif, un ensemble, une unité dont le nom est intraduisible. Je suis formé de métal, de plastiques indestructibles, de matériaux inconnus de vous, de cellules nerveuses animales et de bien d'autres éléments qui font de moi un être à part entière. Tout cela se greffe sur un organe vital, une chambre où un milieu gazeux à haute température est en équilibre thermodynamique, neutre électriquement mais néanmoins conducteur d'électricité. Atomes, radicaux et électrons libres, particules excitées, ions, photons et produits de dissociation en sont les constituants en proportions variables... Je pense. J'existe. Je puis également souffrir ou m'amuser. Je suis maître de moi. Je suis libre de ma vie. Tout ce qui est moi est enfermé dans une enceinte de protection que je contrôle en permanence. Je peux presque tout. Ma puissance est si grande qu'elle me place très haut dans l'échelle des valeurs universelles... Etes-vous satisfaits ?

Satisfaits ? C'était beaucoup dire. Abasourdis, oui ! Nous savions désormais que nous étions à la merci d'une créature hybride, capable de penser, redoutablement intelligente, mais cela ne pouvait guère nous satisfaire. En aucune façon.

— Vos armes sont inutiles, poursuivit

l'être avec calme. Elles ne sont pour moi que
des accessoires ; n'espérez donc pas vous en
servir contre moi. Elles sont intéressantes
mais ne valent que pour les rôles futurs que
je vous ferai jouer. Car, naturellement, vous
ne quitterez jamais cette planète, de même
que les habitants de ce monde demeureront
toujours sous mon contrôle. Ce sont mes
acteurs. Je leur fais faire tout ce qu'il me
plaît. Vous en avez d'ailleurs eu la preuve...
Savez-vous que vous m'avez beaucoup
amusé lorsque vous avez atterri avec votre
astronef ? J'avais créé un climat tout particulier à votre intention. Mais vous vous êtes
bien amusés aussi, n'est-ce pas ?... Hélas ! Je
ne puis plus vous transformer en acteurs
dociles. Les..., ou les billes vertes, sont mes
relais, mes prolongements. Vous les détrui-
sez trop facilement. J'en fabrique d'autres...
Remarquez que je pourrais vous priver de
vos armes, ou vous détruire, mais tel n'est
pas mon but. Vous êtes des acteurs trop
précieux. Alors, je dois convenir d'une trêve,
accepter certains détails, faire quelques
concessions qui me seront plus tard bénéfi-
ques... Mes spectacles seront plus beaux,
plus vivants. Les indigènes vous attaqueront
et vous vous défendrez. Cependant, ce ne
sera pas toujours aussi facile. Ils attaqueront
la nuit, quand vous dormirez. Ils vous harcè-
leront. Et comme vous n'êtes pas condition-
nés, vous inventerez mille ruses pour échapper à leurs pièges... De ce côté, je suis

tranquille. Je sais que vous ne manquez pas d'imagination... Voyez-vous, avant votre arrivée, j'ignorais la violence. Je ne savais pas que cela pouvait exister. Mais dans le cerveau de votre amie Gisèle Bazas j'ai puisé une quantité d'images et de renseignements qui serviront de bases à mes prochaines créations. J'inventerai des guerres, des pollutions, des maladies, des crimes, des cataclysmes, tout ce que vous connaissez sur Terre, votre planète. Vous ne serez pas trop dépaysés... Je vous construirai même une ville, si vous le voulez. Une vraie ville, avec des hautes maisons en béton... J'inventerai tout cela. Mes massacres seront encore plus beaux que les vôtres, beaucoup plus spectaculaires. La débauche la plus effrénée sera également présente, ainsi que le crime gratuit, les tortures. Il y aura des manifestations sauvages, et d'immondes charges policières. Il y aura des destructions, des viols... On fera beaucoup d'enfants, aussi, car il faudra bien renouveler les acteurs... Ah ! Vous ne vous doutez pas de l'enrichissement que vous m'avez apporté !

Ce que disait l'être nous donnait envie de vomir. Cependant, il ne critiquait pas notre société, il ne la condamnait pas. Au contraire, il la trouvait belle, pleine de richesses.

Mon imagination travaillait à la vitesse grand V. J'étais sans doute mieux placé que quiconque pour faire face à cette situation.

Dans la plupart de mes romans, le héros parvient à se tirer des pièges les plus sordides. Le lecteur, en général, n'aime pas les fins désespérées. Je raconte une histoire, bâtie autour d'un thème que j'aime, je campe le décor, introduis deux ou trois intrigues, et fais évoluer les personnages. Certains ont un beau rôle ; les autres le mauvais... Dans cette histoire, voulue par un être venu d'ailleurs, nous étions les héros malheureux...

Dans les tirades de la chose, j'avais retenu trois points essentiels. Premièrement, l'être avait été conçu par des créatures pensantes pour créer des spectacles. Deuxièmement, l'être avait l'intention de nous retenir prisonniers. Troisièmement, l'être était avide de nouveauté.

Je ne savais pas encore très bien où me conduiraient mes réflexions mais j'avais la certitude qu'il y avait une coordination à faire avec ces trois points.

Si nous voulions nous en tirer, il fallait que nous utilisions ces éléments. Comme un spectacle, selon toute vraisemblance, est destiné à être regardé, je voulais connaître les spectateurs.

— Pourquoi avoir choisi cette planète ? demandai-je. Comment et quand y êtes-vous arrivé ?

— Cette planète était habitée, répondit l'être, et je l'ai trouvée belle. Après un long, un très long voyage dans l'espace, je l'ai

abordée. Il y a quelques années locales de
cela. Mais le temps ne compte pas pour moi.

— Un très long voyage, dites-vous ?...
Vous ne connaissez donc pas le subespace ?
Vous ignorez qu'il existe un espace sous-
jacent qui permet de franchir des distances
considérables en un temps pratiquement
nul ?

— Je ne l'ignore pas. Cependant, avant ce
que vous nommez « plongée », certains de
mes organes n'ont pas fonctionné. Je n'ai
donc utilisé que l'espace normal.

— Et, avec votre prodigieuse intelligence,
vous n'avez pas eu l'idée de faire demi-tour
afin que vos créateurs puissent réparer ?

— Je n'étais pas programmé pour cela.

Cette réponse me fit plaisir. L'être avait
beau avoir été construit avec divers éléments
biologiques, des matières inconnues et des
centres contenant du plasma, il réagissait
comme une simple machine. J'avais particulièrement aimé le mot « programmé ».

— Si je comprends bien, dis-je, les spectacles que vous créez sont transmis sur votre
planète d'origine ?

— Exact. Cela se fait presque instantanément. L'espace sous-jacent auquel vous fai-
siez allusion est un excellent véhicule.

— Et... ce sont les descendants de ceux qui
vous ont conçu qui regardent ces spectacles ?

— Encore exact. Ils les captent sur des
appareils spéciaux. Les images et les sons
leur sont fidèlement restitués. Toutes les

scènes sans exception sont des hologrammes parfaits. Décors, personnages, tout y est !

— Merveilleux ! appréciai-je. Et sur quelle planète se trouvent ces heureux spectateurs ?

— Je ne puis vous répondre, Gabriel Devermont. Le nom de ma planète d'origine diffère de celui que vous lui donnez, et comme nous ne possédons pas de carte céleste, il m'est impossible de vous fournir la moindre indication.

Mes compagnons, je l'appris plus tard, se demandaient si je n'étais pas en train de succomber au pouvoir de l'être. J'avais pris un ton enjoué et feignais d'ignorer les regards interrogateurs du lieutenant et des autres. Ceux-ci ne comprenaient pas où je voulais en venir. D'ailleurs, s'ils m'avaient posé la question à ce moment-là, je leur aurais répondu que je ne le savais pas moi-même.

CHAPITRE XV

Je suivais le fil de mon... inspiration, sans savoir encore où il me conduirait. Je voulais, dans un premier temps, m'habituer au raisonnement de l'être, le connaître mieux en quelque sorte. En lui posant des questions, je le ferais parler et il me fournirait des indices sur lesquels je porterais mes réflexions. Accumuler les indices, les éléments, comme le fait un commissaire ou un inspecteur de police au cours d'une enquête.

— Vous êtes de curieux personnages, poursuivit l'être. Votre façon de concevoir la vie me rend perplexe. Par exemple, je comprends mal qu'en étant si différents les uns des autres vous parveniez à agir de façon solidaire. Mais j'aurais tout le temps de vous étudier en profondeur... Chacun de vous possède une somme de connaissances dont je veux me nourrir.

— C'est vrai, concédai-je. Si vous le désirez, je serai le premier à vous apprendre ce que vous voulez savoir. Vous lirez dans mon

cerveau comme vous avez lu dans celui de
Gisèle Bazas. Mais j'ai encore quelques questions à vous poser...

Mes compagnons ne soufflaient mot. Ils
cherchaient à deviner mon plan ; un plan que
je bâtissais au fur et à mesure du déroulement de « l'entretien ».

— Nous avons perdu l'un des nôtres, dis-je
d'une voix que je voulus assurée. Savez-vous
où se trouve Hugues Septfonds ?

— Oui, répondit l'être. Il n'est pas très
loin de votre base. Mais il est mort.

Je sursautai.

— Mort ?

Je ne pus prononcer un mot de plus. Ma
gorge s'était nouée à l'annonce de la funèbre
nouvelle.

Hugues Septfonds ! Mort !

Le lieutenant et moi échangeâmes un
regard chargé de désespoir. Nous comptions
maintenant deux morts et étions en droit de
penser que l'être nous aurait à l'usure, que
nous tomberions tôt ou tard dans l'un de ses
pièges infâmes.

— Inutile de caresser l'espoir de me désintégrer, dit l'être, devinant notre état d'âme.
Vos rayons ne peuvent franchir la barrière
répulsive... Je vous signale toutefois que c'est
l'un des vôtres qui a tué celui qui répond au
nom de Hugues Septfonds. Il l'a tué sur mon
ordre, parce que je voulais m'assurer, dès le
départ, que j'avais quelque emprise sur le
cerveau humain d'une autre race. C'est ainsi

que Norbert Noireaud a étranglé celui qu'il a pris pour un dénommé Jules Verne !

Je jetai un regard à Petit Singe. Il avait le visage aussi pâle que celui d'un mort.

Rangus et les siens, cependant, demeuraient impassibles, ce qui nous rassurait un peu. Pour nous subjuguer, l'être avait besoin de ses boules vertes qu'il fabriquait à volonté. Mais nous étions en mesure de les détruire rapidement. De plus, les télépathes savaient prévenir toute attaque psychique. Plus rien ne pouvait nous pousser à nous entre-tuer !

Noireaud n'était nullement responsable du crime qu'il avait commis. Momentanément sous l'influence de l'être (qui avait joué sur le fait que Petit Singe n'aimait pas Septfonds) il était devenu un assassin. Aucune justice digne de ce nom, cependant, ne le condamnerait. J'étais prêt, en tout cas, à défendre Noireaud si besoin était. Il m'était antipathique, soit, mais la justice doit être impartiale, lavée de tout préjugé.

Les regards avaient naturellement convergé vers Petit Singe qui, blême, attendait probablement les accusations, les insultes. Mais il ne se produisit rien de tel. Chacun de nous comprenait ce qui était arrivé et nul ne songeait à trouver en lui la moindre responsabilité. Nous avions vu qu'un homme sous le contrôle de l'être pouvait tuer son propre frère, froidement, sans haine ni remords.

— Vous êtes totalement en mon pouvoir, reprit la machine. Vous ne conserverez que votre raison... Mais à quoi sert la raison au prisonnier qui ne sortira jamais de sa prison ?

La machine philosophait par-dessus le marché ! Elle pouvait être cruelle, cynique, ironique...

Je me repris, m'efforçant à retrouver le fil conducteur que l'émotion m'avait fait perdre.

— Un... Un instant, dis-je. Nous reconnaissons votre supériorité. Nous savons maintenant que nous ne pouvons pas échapper à notre destin. Mais à quoi bon utiliser la force contre nous ? Qui vous assure que nous ne sommes pas prêts à collaborer à l'œuvre que vous avez entreprise ?... Selon la loi des compensations, nous trouverons pour nous des spectacles originaux qui plairont sans aucun doute à vos créateurs...

— Précisez votre pensée, Gabriel Devermont.

— Sur Terre, les spectacles existent également. Nous savons mimer la violence. Nous faisons semblant de nous entre-tuer. Cela, du point de vue spectacle, donne les mêmes résultats que la vraie violence !... Il suffit que chacun de nous accepte de jouer son rôle. Et nous accepterons de jouer pour vous ! Nous travaillerons ! Nous créerons des spectacles de toute beauté... Mais cessez de jouer avec la violence.

— Pourquoi ? J'aime la violence. Et vous aussi, les Terriens, vous l'aimez.

— Tous les Terriens n'aiment pas la violence ! Ce que vous avez lu dans le cerveau de Gisèle Bazas est différent de ce que vous lirez dans celui de Boris Vlajinski ou dans celui d'un autre. Chaque humain est un cas particulier ! Mais il y a mieux ! Notre savoir n'est rien en comparaison de ce que pourrait vous apprendre un ordinateur. Or, il y en a un à bord de notre vaisseau spatial. Ses mémoires sont bourrées de connaissances...

Le lieutenant intervint :

— Vous déraisonnez, Devermont ! Pourquoi lui avoir parlé de l'ordinateur ? Pourquoi ?... Avec MK-5 nous aurions peut-être pu trouver un moyen pour neutraliser cette machine maudite !

— Non, lieutenant Ankay, fit l'être. Rien ni personne ne me détruira. Mes créateurs eux-mêmes en seraient incapables !

Il laissa s'écouler quelques secondes et s'adressa de nouveau à moi :

— Vous me proposez donc de prendre connaissance des mémoires de votre ordinateur et de travailler pour moi à la condition que j'abandonne la violence ?

— Oui, affirmai-je. Laissez les habitants de cette planète vivre leur vie. Que celle-ci reprenne son cours normal. Nous serons vos acteurs... Mieux : vos collaborateurs ! Nous travaillerons ensemble !

Mes compagnons me laissaient faire, espérant que l'être opterait pour un compromis, qu'il accepterait le marché que je lui proposais. Somme toute, si nous ne pouvions quitter cette planète, nous aurions au moins la possibilité d'y vivre avec l'illusion de la liberté, travaillant quelques heures par jour... Quelle différence avec la vie des autres Terriens ?

— Je veux d'abord savoir si les mémoires de votre ordinateur m'apprendront quelque chose, déclara l'être. Je vais me mettre en rapport avec lui. Lieutenant Ankay, contactez immédiatement le Point Zéro et demandez que l'ordinateur soit programmé en conséquence.

Le lieutenant hésita une seconde puis s'exécuta. Il se saisit du poste de radio et enfonça la touche de communication.

— Point Mobile appelle Point Zéro. Réception ?

— Ici Point Zéro exécutif. Réception cinq sur cinq.

— Parfait. Appelez autorité d'urgence. Communication importante.

— A vos ordres, Point Mobil. Gardez l'écoute.

Quelques instants plus tard, la voix du commandant Wayne retentissait dans le haut-parleur.

— Ici autorité. Où êtes-vous, Point Mobile ?

— Trop long à vous expliquer, Point Zéro. Je vous demande de faire très exactement ce que je vais vous dire. C'est de la plus grande importance ! Nous avons un besoin urgent de MK-5. Programmation habituelle avec annulation du dispositif secret-sécurité.

— Quoi ?... Bon sang, lieutenant ! Vous vous rendez compte de ce que vous demandez ?

— J'en suis conscient, mon commandant, mais j'en prends l'entière responsabilité. Quand vous connaîtrez les raisons de ma demande, vous ne vous étonnerez plus. Je vous en prie, programmez MK-5.

— Je refuse, lieutenant ! Etes-vous sûr d'être dans votre état normal ?

— Je suis en pleine possession de mes facultés !

— Dans ce cas, ne vous étonnez pas de mon refus ! L'ordinateur contient des renseignements qui ne peuvent en aucun cas être divulgués. Des secrets de la plus haute importance. Vous le savez et vous me demandez d'annuler le programme de sécurité ? Etes-vous devenu fou ?

— C'est notre vie que nous risquons, mon commandant ! NOTRE VIE !... Peu importe que nos secrets soient divulgués ! Faites ce que je vous demande, sinon nous y passerons tous ! Etablissez immédiatement le programme ! Branchez les circuits de l'imprimante, ainsi vous aurez une petite idée de ce qui se passe !

— Lieutenant, vous outrepassez vos droits ! Le ton que vous employez est un

outrage à l'autorité que je représente et frôle
la mutinerie ! Je n'ai d'ordre à recevoir que
de mes supérieurs. J'exige que vous vous
expliquiez !

Noireaud explosa :

— Dites-le-lui donc, à ce militaire borné !
lança-t-il.

— Soit, fit le lieutenant sur un ton sec.
Mais mon rapport sera des plus brefs. Il
faudra vous en contenter !... Une machine
venue d'un autre monde règne actuellement
sur la planète. Indestructible, elle a sous son
contrôle tout un peuple. Elle dresse les indigènes les uns contre les autres et elle est
responsable du massacre signalé dans un
rapport précédent. Une puissance formidable, capable de transformer et de déplacer la
matière. Elle est responsable de notre présence ici, responsable de la mort de Mike
Denver, de la mort de Hugues Septfonds ! Et
elle retient Gisèle Bazas prisonnière !
Demain, elle nous harcèlera, lançant contre
nous des hordes de robots humains ! Nous
mourrons les uns après les autres ! Voilà où
nous en sommes !... Ce que nous voulons faire
actuellement, c'est stopper toute violence en
offrant en contrepartie tous les renseignements contenus dans les mémoires de l'ordinateur du bord !

— Vous dites que Mike Denver et Hugues
Septfonds sont morts ?

— Oui ! Morts ! Et il y en aura d'autres si
vous continuez à refuser ma demande !

— Vous avez toujours été un bon officier, lieutenant Ankay, et à ce titre je veux bien vous faire confiance. Mais il me faudra un rapport détaillé... Seulement, je vous préviens : vous serez entièrement responsable des conséquences que pourrait avoir votre demande !

— Je les accepte ! répondit le lieutenant.

Nous respirions plus librement. Le contact de l'être avec MK-5 allait s'établir par le truchement des ondes dont la formidable machine avait le secret, mais ce contact se ferait à une telle vitesse que ne pourrait le suivre un cerveau humain.

Le lieutenant Ankay vint vers moi, demanda :

— Vous croyez que la machine acceptera votre proposition ?

— Comment voulez-vous que je le sache ? répondis-je. Elle n'obéit pas aux lois de la logique humaine ! Ce qu'il faut, avant tout, c'est faire cesser le carnage !... A la limite, j'accepte de demeurer sur cette planète, d'y vivre, de m'y adapter. Nous pouvons travailler pour cette machine, lui donner ce qu'elle demande, l'aider à créer ses spectacles !... Il faudra vous reconvertir, lieutenant ! Que chacun soit bien persuadé que nous devons compenser la violence par quelque chose qui soit au moins aussi intéressant pour l'être ! Vous saisissez ?

— Parfaitement ! Je doute cependant que

les mémoires de MK-5 parviennent à satisfaire l'insatiable curiosité de l'être !

— Vous oubliez, dis-je, qu'elles contiennent des microfilms, des spectacles enregis-
trés, de la musique, des centaines d'histoires
parlées qui servent à distraire les cosmatelots lors de leurs heures de repos... Et je ne
compte pas les programmes transmis par la
T.V. sidérale !

— J'espère que vous avez raison, fit
Patrick Ankay en soupirant.

Nous étions tous sur des charbons ardents.
Que l'être abandonnât toute idée de violence
était ce que nous pouvions espérer de mieux.
Nous nous étions faits à une certaine image
de notre devenir. Nous finirions nos jours sur
cette planète...

Corélia se tenait près de moi, exerçant
parfois sur mon bras une pression des doigts
qui voulait dire qu'elle était d'accord avec
moi. Elle m'encourageait.

— Je puis maintenant vous dire où se
trouve ma planète d'origine, déclara l'être
tout à coup. MK-5 m'a appris quantité de
choses fort intéressantes contre lequelles je
veux bien abandonner momentanément mon
projet. Cependant, vous me servirez ! A la
moindre désobéissance, ou si vous venez à
manquer un jour d'imagination, je repren-
drai cette excellente idée de violence...

L'être fit une pause et poursuivit :

— Je réponds à votre question, Gabriel
Devermont. La planète où vivent les descen-

dants de ceux qui m'ont créé se trouve dans un secteur de l'espace que vous nommez la Nébuleuse du Crabe. Les coordonnées fournies par MK-5, d'après les indications que je possède, correspondent exactement à celle de... ma planète d'origine.

Le lieutenant tressaillit.

— La Nébuleuse du Crabe ? demanda-t-il. Vous êtes sûr ?

Une soudaine passion l'animait. Nous ne comprenions pas pourquoi.

— Aucun doute n'est permis, affirma l'être. Il s'agit de la Nébuleuse du Crabe.

— Mais alors... Votre planète n'existe plus !

L'être ne répliqua pas. La phrase du lieutenant avait dû déclencher en lui une sorte de « choc émotionnel ».

— Vous entendez ? s'écria l'officier. VOTRE PLANETE N'EXISTE PLUS ! Il y a plus de dix siècles terrestres, en 1054 exactement, une supernova fut signalée par un peuple de la Terre (1). Cette supernova apparut dans la Constellation du Taureau et son éclatement engendra un nuage de gaz en perpétuelle dilatation. A cette époque, votre planète fut détruite, avec des centaines d'autres ! Il ne reste plus qu'une ridicule petite étoile faiblarde de seizième magnitude !... Imaginez que l'étoile tutélaire de votre monde se mette, à un moment donné, à

---

(1) Observation faite par les astronomes chinois.

multiplier par cent ou par mille son éclat !
Imaginez que le débit d'énergie soit brusquement amplifié dans d'affolantes proportions ! Imaginez l'embrasement de centaines
de planètes !... Rien ! Il ne reste rien !

— Inventions, dit l'être. L'homme, je ne
l'ignore pas, dissimule bien souvent la vérité
sous des mensonges habiles.

— Interrogez MK-5, répliqua le lieutenant. Une machine, vous le savez, ne peut
mentir !

L'officier appela aussitôt la base.

— Point Zéro, ici Point Mobile. Introdui-
sez dans l'ordinateur les mémoires de généalogie planétaire relatives à la Nébuleuse du
Crabe. Documentation complète. Photos à
l'appui. Grossissement maximum sur les
filaments du nuage correspondant aux
lignes d'éjection...

— Bien reçu, Point Mobile.

Les mémoires de généalogie planétaire
étaient souvent d'un précieux secours aux
navigateurs de l'espace, notamment
lorsqu'ils découvraient un corps céleste dont
ils avaient à déterminer l'origine. Ces
mémoires, dont chaque astronef était
pourvu, étaient conservées dans des caissons
spéciaux et utilisées en cas de besoin.

C'était leur contenu qui intéressait l'être
qui n'allait pas tarder à reconnaître l'exacti-
tude des faits évoqués par le lieutenant. Cela
se fit très vite.

La voix de l'être, toujours la même, calme, grave, bien timbrée, s'éleva de nouveau.

— Partez ! Vous êtes tous libres. Regagnez la Terre. Ce monde redeviendra ce qu'il était... Il est vrai que celui d'où je viens a été détruit et, en conséquence, je ne sers plus à rien.

Après ce que nous avions vécu, après ce que nous avions enduré, après avoir accepté un futur sous la domination de l'être, ce que nous entendions était une divine mélodie. Nous n'osions croire en un pareil dénouement. Pourtant, telle était effectivement la réalité. Gisèle Bazas sortait lentement de son sommeil provoqué, reprenait conscience.

Quand elle nous aperçut, elle poussa un grand cri de joie et courut vers nous sans se soucier de sa nudité.

— Vous avez réussi ! s'écria-t-elle. Vous avez réussi !

— Non, dit le lieutenant. Nous n'y sommes pour rien, ou pour bien peu. Ce sont les circonstances qui ont voulu que nous soyons libres... L'être est toujours vivant, extraordinairement vivant, égal à lui-même...

— Mais, fit-elle, indécise, comment... ?

— Nous vous expliquerons plus tard... Venez !

Le lieutenant Ankay fit déshabiller un androïde et tendit les vêtements à la jeune femme.

Nous étions libres ! LIBRES ! Nous allions revoir la Terre !

C'était inespéré !

Gisèle s'empressa de se vêtir. Elle flottait littéralement dans les vêtements trop grands pour elle, mais elle s'en accommoda fort bien.

— Partez ! dit encore l'être. Quittez cet endroit.

*
* *

Nous nous éloignâmes, débordants de joie, dans une nuit extraordinairement belle. La plus belle que nous ayons jamais vue. Rangus et les siens pleuraient. Mentalement, ils avaient contacté leurs semblables et avaient constaté qu'ils étaient pour toujours délivrés du joug psychique de la machine. Le cours de leur histoire reprenait en cet instant. Leur civilisation allait renaître...

Pour certains, nous avions apporté la violence et la mort mais c'était la liberté que nous rendions aux indigènes. Notre venue, sans doute, avait créé le crime là où il était ignoré, mais notre départ signifiait vie...

Rangus nous dit que les paysages, partout, avaient changé, que le monde était redevenu comme avant. Il nous le dit à haute voix, ayant maintenant assimilé totalement notre langue.

— Nous ne vous oublierons pas, dit-il encore. Nous ne vous oublierons jamais.

Le lieutenant Ankay eut alors une admirable réplique.

— Nous non plus, déclara-t-il. Mais rappelez-vous toujours cette chose essentielle : nous ne sommes que des hommes. Des hommes comme vous.

Je compris pourquoi il insista sur ce point. Les indigènes ne devaient pas faire de nous des dieux mais comprendre qu'ils bâtiraient une civilisation qui, un jour, serait aussi puissante que la nôtre.

Nous avions parcouru deux ou trois kilomètres quand nous entendîmes derrière nous le bruit d'une forte explosion.

Corélia sursauta, et nous aussi.

— Qu'est-ce qu... ?

Elle n'acheva pas, ayant compris que la machine, devenue inutile, venait tout simplement de se... suicider.

EPILOGUE

Un nouveau contact avec la base permit au lieutenant Patrick Ankay de faire un dernier rapport verbal ; rapport qui provoqua naturellement un enthousiasme légitime suivi de vives félicitations. Par radio, un signal continu fut envoyé ; celui-ci, capté par les systèmes goniométriques du vaisseau, détermina notre position exacte, et, moins d'une demi-heure plus tard, des cosmobils se posaient à quelques mètres de nous.

Ce fut la fête. Nous étions pourtant partagés entre la joie d'être libres et la peine d'avoir perdu deux de nos compagnons. Cet épisode de notre vie, nous n'étions pas près de l'oublier.

Le lendemain, Boris Vlajinski, le capitaine Morland et deux cosmatelots partirent en cosmobils à la recherche du corps de l'industriel. Ils le trouvèrent dans un état de décomposition si avancé qu'ils ne purent se résoudre à le ramener à la base en vue d'un transfert par caisson de congélation. Sur l'ordre du commandant Bertram Wayne, le corps de Hugues Septfonds fut désintégré.

Un gros travail attendait le commandant. Le Centre Terrien de l'Expansion allait lui réclamer un rapport détaillé. Mais ses seconds l'aideraient dans cette tâche pour le moins ingrate.

Nous fîmes nos adieux aux indigènes aux cours d'un banquet. Un repas pantagruélique pendant lequel, entre autres mets, l'on servit du canard duchesse ! Je n'en pris pas, évidemment ! Rangus et les siens avaient apporté quantité de fruits délicieux et des boissons délicatement parfumées qui valaient nos vins les plus fins. Nous mangeâmes dehors, sous les rayons d'un soleil bleu magnifique. Seule Gisèle Bazas ne participa pas aux agapes, préférant rester seule dans sa cabine, trop bouleversée par la mort de Hugues Septfonds.

Ce fut à la fin du banquet, sous les derniers feux du soleil couchant que je demandai à Corélia de devenir ma femme. Elle accepta. Sans réserve.

Et nous vivons ensemble...

... Au deux cent trente-sixième étage d'une tour de béton, de métal et de plastique. Là où, présentement, j'écris ces dernières lignes.

Hier soir, nous avons longuement discuté, Corélia et moi. Nous avons décidé de quitter la planète-mère et d'aller rejoindre les colons installés sur Izaad. Nous aurons une petite maison, avec un jardin rempli de fleurs. Corélia travaillera à Thècle, la capitale, et je continuerai à écrire mes romans. Je compte bien, d'ici quelques années, monter ma propre maison d'édition...

Ici, sur Terre, la vie nous est devenue impossible, insupportable. Il a fallu que nous en soyons éloignés pendant quelque temps pour comprendre à quel point nous étions devenus étrangers à ce monde...

J'en viens même à me demander s'il n'existe pas, dans un coin perdu de la surface du globe, quelque machine bizarre responsable de notre civilisation cancéreuse. Notre civilisation : tumeur maligne de l'humanité...

Quand on regarde autour de soi, il y a de quoi se poser des questions, non ?

Cosma de Sol III,
4 juin 2139. 16 h 50

FIN

VIENT DE PARAÎTRE :

Dan Dastier   *Les sphères de Penta*

A PARAÎTRE :

Gilles Thomas   *Horlemonde*

Achevé d'imprimer le 20 février 1980
sur les presses de l'Imprimerie Bussière
à Saint-Amand (Cher)

N° d'impression : 2463.
Dépôt légal : 2e trimestre 1980.
Imprimé en France